青少年求知文库
QingShaoNianQiuZhiWenKu

宋词背后的故事

周晓虎　编

吉林人民出版社

图书在版编目（CIP）数据

宋词背后的故事 / 周晓虎编 . —长春：吉林人民出版社，2010. 7
（2016. 5 重印）
（青少年求知文库）
ISBN 978 - 7 - 206 - 06897 - 3

Ⅰ. ①宋… Ⅱ. ①周… Ⅲ. ①宋词—青少年读物
Ⅳ. ①I222. 844

中国版本图书馆 CIP 数据核字（2010）第 120616 号

宋词背后的故事

编　　者：周晓虎
责任编辑：崔　凯
吉林人民出版社出版（长春市人民大街 7548 号　邮政编码：130022）
印　　刷：北京一鑫印务有限责任公司
开　　本：640mm × 950mm　1/16
印　　张：10　　　字数：110 千字
标准书号：ISBN 978 - 7 - 206 - 06897 - 3
版　　次：2010 年 7 月第 1 版
印　　次：2016 年 5 月第 4 次印刷
定　　价：29. 80 元

目　录

3

点绛唇

◆ 王禹偁

雨恨云愁，江南依旧称佳丽。水村渔市，一缕孤烟细。　　天际征鸿，遥认行如缀。平生事，此时凝睇，谁会凭阑意。

赏析

此词是北宋最早的小令之一，也是词人唯一的传世之作。全词以清丽的笔触、沉郁而高旷的格调，即事即目，寓情于景，通过描绘江南雨景，寄寓了词人积极用世、渴望有所作为的政治理想和怀才不遇的苦闷情怀。这首词艺术风格上一改宋初小令雍容典雅、柔靡无力的格局，显示出别具一格的面目。词中交替运用比拟手法和衬托手法，层层深入，含吐不露，语言清新自然，不事雕饰，读来令人心旷神怡。

作者简介

王禹偁：（954—1001），北宋诗人，散文家，字元之，济州巨野（今属山东）人。太宗太平兴国八年（983 年）进士。曾任主簿、知县、右拾遗、左司谏知制诰、礼部员外郎、翰林学士等职。

故事

王禹偁出身于一个贫苦农民的家庭。他的父母既从事农田耕作，又开着一个小磨坊。相传王禹偁七岁的时候，有一天，父亲叫他给济州从事毕士安家去送面。毕士安听说他会作诗，但没有见过他的诗文，想考考他，便说："听人讲，你天资聪颖，不知真假，今天就以磨面为题作首诗吧！"小禹偁稍加思索，就随口吟出："但存心里正，何愁眼下迟。得人轻借力，便是转身时。"毕士安一听，大吃一惊，此诗不但对仗工整，而且深含哲理，真是神童！不禁称赞道："后生可畏！"并执意把这后生留在府中读书，使王禹偁有了读书的机会。后来有一天，太守在宴席上出了个上联："鹦鹉能言争比凤"，毕士安写下来，命府中诸弟子答对，可是府中弟子都未能答对上来。这时王禹偁从容答出："蜘蛛吐丝不如蚕"，太守、士安都很惊奇，称他为奇才。从此，王禹偁得到太守的器重，更加发愤读书，学业大进。宋太宗太平兴国八年（983 年），王禹偁进京赶考，得中进士第，从此，走向仕途。

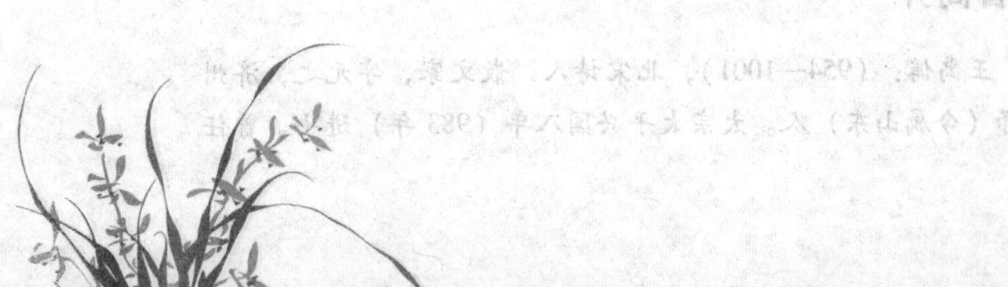

酒泉子

◆潘 阆

长忆观潮，满郭人争江上望。来疑沧海尽成空。万面鼓声中。　弄潮儿向涛头立，手把红旗旗不湿。别来几向梦中看。梦觉尚心寒。

赏析

这首词以豪迈的气势和劲健的笔触，描绘了钱江潮涌的壮美风光。词的上片描写观潮盛况，表现大自然的壮观、奇伟；下片描写弄潮情景，表现弄潮健儿与大自然奋力搏斗的大无畏精神，抒发出人定胜天的豪迈气概。“弄潮儿向涛头立，手把红旗旗不湿。”表现出弄潮儿的英勇无畏、搏击风浪、身手不凡和履险如夷。这两句纯用白描手法，写得有声有色，富于动感，眩目惊心。

作者简介

潘阆：生年不详，卒于1009年。字逍遥，大名（今属河北）人，一说广陵（江苏扬州）人。太宗至道元年（995）召对，赐进士第，授四门国子博士。后以“狂妄”罪名被斥，飘泊江湖，以卖药为生。真宗时释其罪，出任滁州（今安徽滁州）参军。与寇准、王禹偁、林逋等交游唱和。尝往来于苏杭，现存词皆歌咏杭州西湖景色，颇具浪漫色彩，笔调清新，多有佳句。有《逍遥集》，词集《逍遥词》。

故事

从潘阆的字为“逍遥”中可探得此人必是极为风趣，事实也正是如此。有逍遥才会有长乐，这是潘阆的处世之道。他一生不屑于参加科举考试，四处游荡，常以卖药为生。据沈括《梦溪笔谈》记载：潘阆遭到朝廷通缉后，化妆成和尚逃往中条山。遇赦后死不改悔，故态复燃，得意忘形，写了一首《扫市舞》的词：出砒霜，价钱可。赢得拨灰兼弄火，畅杀我。

这种狂放的行径遭到了当时士人所不齿，并且太宗怒而追还诏书，给潘阆削去一切职务，终生不用的处罚。

长相思

◆林　逋

吴山青，越山青。两岸青山相送迎，谁知离别情？

君泪盈，妾泪盈。罗带同心结未成，江头潮已平。

赏析

《长相思》是林逋仅存下来三首词中最有名的一篇，这首词艺术上的显著特点是反复咏叹，情深韵美，具有浓郁的民歌风味。本词采用了《诗经》以来民歌中常用的复沓形式，在节奏上产生一种回环往复、一唱三叹的艺术效果。并且词中句句押韵，连声切响，前后相应，显出女主人公柔情似水，略无间阻，一往情深。“罗带同心结未成，江头潮已平。”古代男女定情时，常用绸带打成同心结，可这对苦苦相恋的有情人却难成眷属，只能在江边挥泪诀别，留给今后的恐怕只有相思了。

作者简介

林逋：（967 或 968—1028），字君复，后人称为和靖先生，北宋初年著名隐逸诗人。少孤力学，好古，通经史百家。书载性孤高自好，喜恬淡，自甘贫困，勿趋荣利。及长，漫游江淮，40余岁后隐居杭州西湖，结庐孤山。常驾小舟遍游西湖诸寺庙，与高僧诗友相往还。以湖山为伴，相传20余年足不及城市，种梅养鹤，终身未娶。人称“梅妻鹤子”。

故事

相传林逋年轻时与一女子两情相悦，那女子生得美若西施，到了及笄之年，提亲的人数不胜数。林逋与此女子在西湖之滨相识，烟柳画桥，风帘翠幕，莺歌燕舞，两人十分倾心。才子佳人，天作绝配，西子湖畔留下了他们徜徉的身影，夕阳晚照，好风如水，一对倩影惹得游人驻足相看。然事情终不遂人愿，因林逋家境寒贫，女子父母将女儿嫁与一商贾富户，林逋自然是黯然失魂，惟有离开这个伤心之地，此词描述的即是这送别的情景。青山两岸，船渡之处，对于送别这番景象林逋自然是见过不少，但是今日却是自己和心上人的别离，一别也许一辈子再也不能相见。都言有情人终成眷属，而此时的林逋却只能一个人伤心地离去，此后他隐居湖山之间种梅养鹤，终身未娶。

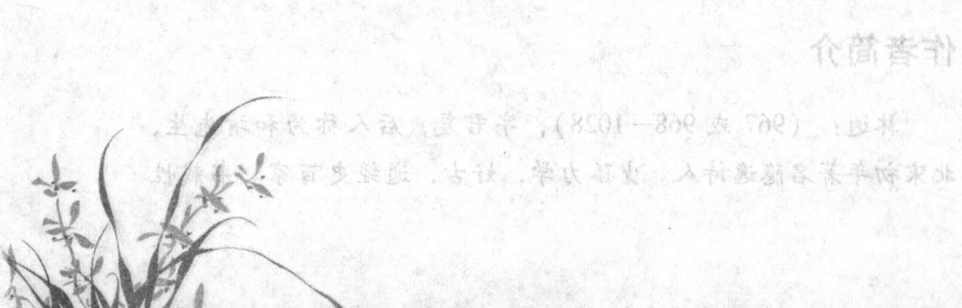

渔家傲

◆范仲淹

塞下秋来风景异，衡阳雁去无留意。四面边声连角起。千嶂里，长烟落日孤城闭。　浊酒一杯家万里，燕然未勒归无计，羌管悠悠霜满地。人不寐，将军白发征夫泪。

赏析

这首词真实地表现了戍边将士思念故乡，而且热爱祖国，矢志保卫祖国的真情。上片写景，描写的自然是塞下的秋景；下片抒情，抒发的是边关将士的愁情。综观全词，词的意境开阔苍凉，形象生动鲜明，反映出词人耳闻目睹、亲身经历的场景，表达了词人自己和戍边将士们的内心真实感情，读起来真切感人。

作者简介

范仲淹：（989—1052），字希文，为北宋名臣，政治家，文学家，吴县（今属江苏）人，少年时家贫但好学，当秀才时就常以天下为己任，有敢言之名。曾多次上书批评当时的宰相，因而三次被贬。宋仁宗时官至参知政事，相当于副宰相。元昊造反，以龙图阁直学士与夏竦经略陕西，号令严明，夏人不敢犯，羌人称为“龙图老子”，夏人称为“小范老子”。有《范文正公诗余》传世。

故事

西夏元昊称帝后，连年侵宋。由于积贫积弱，边防空虚，宋军连战连败。宋康定元年（1040年）至庆历三年（1043年）间，范仲淹任陕西经略副使兼延州知州，在他镇守西北边疆期间，既号令严明又爱抚士兵，在与西夏军队的对阵中大获全胜。这首《渔家傲》就是他身处军中，率师西北边陲，平定西夏叛乱时的感怀之作。此词本来有数阕，皆以“塞下秋来”为首句，但流传至今的却只有这一首。虽然此词受到诸多赞誉，但也有持反对意见的。欧阳修曾称其为“穷塞外之词”，揣度大意是说，作为主帅不抒发雄豪慷慨之情，却去写塞外凄凉穷愁的景象与思归之心，是不好的。其实范仲淹是能文能武的全才，他率军打仗时，深为西夏所惮服，称他“腹中有数万甲兵”。

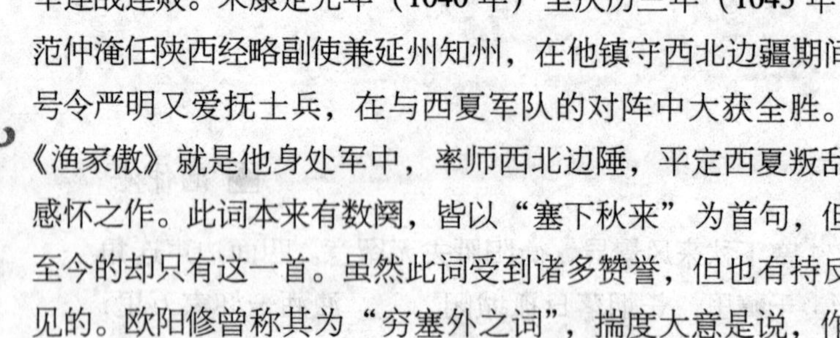

剔银灯

◆ 范仲淹

昨夜因看蜀志，笑曹操孙权刘备。用尽机关，徒劳心力，只得三分天地。屈指细寻思，争如共、刘伶一醉？　　人世都无百岁。少痴、老成尪悴。只有中间，些子少年，忍把浮名牵系？一品与千金，问白发、如何回避？

赏析

范仲淹的这首词写的是对历史的评价、对人生的看法，是为词之别调。全首词意思看起来有点无为思想甚至颓废的味道，和他的《岳阳楼记》里的观点比起来好像判若两人。其实，这首词固然宣泄了词人的愤懑，但折射出了他内心时不我待的焦灼。这与李白那首著名的《将进酒》非常相似。

故事

欧阳修一直是范仲淹政治上的知音。时以吏部员外郎任开封府的范仲淹耿介正直，容不得宰相吕夷简乱权，便向仁宗上《百官图》，又上《帝王好尚论》等四论，批评朝政，得罪了吕夷简。宠信吕相的仁宗将仲淹贬黜出京，当时很多正直朝臣上疏替范仲淹申辩，而谏官高若讷却讨好吕夷简，说范应当贬官。欧阳修痛恨谏官高若讷为了自己的高官厚禄，竟不分是非，行为卑鄙，于是写了《与高司谏书》，斥其一味迎合权相是落井下石，是不知人间有羞耻二字。欧阳修也因此被贬夷陵。政治上的风雨磨难，高尚人格的互相吸引，革新朝政的共同追求，使范欧二人最终成为相濡以沫的盟友。此词大约写于这几年二人在朝共事同受打击的时候。新政失败，共同的遭遇，共同的感情，使他们自然产生相似的感受。

雨霖铃

◆柳　永

寒蝉凄切。对长亭晚，骤雨初歇。都门帐饮无绪，留恋处、兰舟催发。执手相看泪眼，竟无语凝噎。念去去、千里烟波，暮霭沉沉楚天阔。多情自古伤离别，更那堪冷落清秋节！今宵酒醒何处？杨柳岸、晓风残月。此去经年，应是良辰好景虚设。便纵有千种风情，更与何人说？

赏析

这首词是柳永的代表作。本篇为词人离开汴京南下时与恋人惜别之作。词中以种种凄凉、冷落的秋天景象衬托和渲染离情别绪，活画出一幅秋江别离图。词人仕途失意，不得不离开京都远行，不得不与心爱的人分手，这双重的痛苦交织在一起，使他感到格外难受。他真实地描述了临别时的情景。

作者简介

柳永：(约987—约1053)，原名三变，字景庄，后改名永，字耆卿，排行第七，崇安（今福建武夷山市）人。宋仁宗朝景祐进士，官屯田员外郎，世称柳七、柳屯田。为人放荡不羁，终身潦倒。其词多描绘城市风光与歌妓生活，尤长于抒写羁旅行役之情。词风婉约，词作甚丰，创作慢词独多，是北宋第一个专力写词的词人。发展了铺叙手法，在词史上产生了较大的影响。词作流传极广，有“凡有井水饮处，皆能歌柳词”之说。生平亦有诗作，惜传世不多。有《乐章集》，收词二百多首。

故事

柳永少年时到汴京应试，由于擅长词曲，熟悉了许多歌妓，并替她们填词作曲，表现了一种浪子作风。当时有人在仁宗面前举荐他，仁宗只批了四个字说：“且去填词”。柳永在受了打击之后，别无出路，就只好以开玩笑的态度，自称“奉旨填词柳三变”，在汴京、苏州、杭州等都市过着一种流浪生活。由于失意无聊，流连坊曲，在乐工和歌妓们的鼓舞之下，这位精通音律的词人，才创作出大量适合歌唱的新乐府（慢词），受到广大市民的欢迎。这首词即是词人离开汴京（当时为北宋首都），与情人话别时作的。

蝶恋花

◆柳　永

伫倚危楼风细细，望极春愁，黯黯生天际。草色烟光残照里，无言谁会凭阑意？　　拟把疏狂图一醉，对酒当歌，强乐还无味。衣带渐宽终不悔，为伊消得人憔悴。

赏析

这是一首怀人词。上片情、景交融，写词人登高望远，触景生情，春愁油然而生，由望远而怀远。下片抒发情感，写词人为了排解相思之苦借酒浇愁，而结果相思未解更觉无趣，于是索性任自己的思绪飞扬，发出为了思念中的情人甘愿消瘦憔悴的感慨。“衣带渐宽终不悔，为伊消得人憔悴。”此二句以健笔写柔情，自誓甘愿为思念伊人而日渐消瘦与憔悴。“终不悔”，表现出主词人的坚毅性格与执著的态度，词境也因此得以升华。

故事

柳永虽然仕途不顺，但他与妓女之间的友谊却颇具传奇色彩。在这首《蝶恋花》中，就写出了他对歌妓们的一往情深和无怨无悔。正因为柳永把歌妓视为知己，倾心相交，因而赢得了歌妓们的尊敬、爱戴。相传柳永死的时候，家徒四壁，是歌妓们凑钱把他下葬的。而每到清明节，歌妓们与一些词人一起携带酒食，在柳永的墓前聚会，称为“吊柳会”。后来的话本还据此传有名篇《众名妓春风吊柳七》，影响深远。柳永把自己大半生的真情实感献给了歌妓，歌妓们则把他当做亲人对待、怀念，可见他们之间的友谊是永恒且真挚的。

望海潮

◆柳 永

东南形胜，三吴都会，钱塘自古繁华。烟柳画桥，风帘翠幕，参差十万人家。云树绕堤沙。怒涛卷霜雪，天堑无涯。市列珠玑，户盈罗绮，竞豪奢。　重湖叠清嘉。有三秋桂子，十里荷花。羌管弄晴，菱歌泛夜，嬉嬉钓叟莲娃。千骑拥高牙。乘醉听箫鼓，吟赏烟霞。异日图将好景，归去凤池夸。

赏析

《望海潮》是柳永创制的新词牌，钱塘江潮是天下奇观，调名当取其意。词人用饱蘸激情而又带有夸张的笔调，寥寥数语便使迷人的西湖与钱塘胜景展现在读者面前。上片，主要勾画钱塘的“形胜”与“繁华”，大笔浓墨，高屋建瓴，气象万千。写法上由概括到具体，逐次展开，步步深化。下片，侧重于描绘西湖的美景、欢乐的游赏与劳动生活。

故事

据宋代罗大经《鹤林玉露》记载，金主完颜亮是听了柳永《望海潮》中“三秋桂子，十里荷花”而起了南下灭宋之心。完颜亮是金国的填词高手，只是他的词横厉恣肆，充满霸气，不可一世。据说，他听闻西湖的“十里荷花”后非常倾慕，这景色只能在临安的西湖之上才能看到。于是他派画工混入派往南宋通好的使臣中，让其绘制一幅西湖山水图带回去。等他见到这幅画时，他发现西湖比他想象的还要美。他立即命人将画裱成屏风，添画上他自己戎装立马于吴山之上，并兴致勃勃地题诗一首：“万里车书尽混同，江南岂有别疆封？提兵百万西湖上，立马吴山第一峰。”不久，完颜亮大举挥兵南下，一路攻城略地，势如破竹。他趾高气扬地跟将领们说，多则一百天，少则一个月，一定能扫平南方。但是，他没想到，过了淮河，在长江边上的采石矶（今安徽马鞍山采石矶），他的军队被南宋打得大败。完颜亮生性凶狠，吃了败仗恼羞成怒大杀将士，不料后方又传来皇室政变的消息，他突然被内部兵变所制，被乱箭射死。从黑龙江到采石矶，完颜亮的生命到了终点，他终于未能见到西湖的十里荷花，留下了毕生遗憾。

鹤冲天

◆ 柳　永

黄金榜上，偶失龙头望。明代暂遗贤，如何向？未遂风去便，争不恣狂荡？何须论得丧。才子词人，自是白衣卿相。　　烟花巷陌，依约丹青屏障。幸有意中人，堪寻访。且恁偎红倚翠，风流事，平生畅。青春都一饷。忍把浮名，换了浅斟低唱！

赏析

这首词是词人科举功名不顺所发的牢骚，既有偎红依翠的颓唐自放，更有蹭蹬科场的愤激不平，表面上鄙弃功名，实际上是渴望而不得的苦闷。语言浅显，明白如话，却往复回环，心里展示颇为曲折。此词的构思、层次、结构和语言均与词人其他作品有所不同。全篇直说，绝少用典，不仅与民间曲子词极为接近，而且还保留了当时的某些口语方言，这不独在词人的词作中，即使在北宋词中，这一类作品也是少见的。

故事

柳永年轻时性格狂放不羁，好出没于酒楼歌馆之中，词作也以放浪冶艳为特色。这首词是柳永落榜后极其落魄的心态写照，可以看得出词人既看轻功名利禄又不甘心被人轻易忽略的矛盾痛苦。在当时，柳永因作词深入浅出，以市民题材入词，已经很有影响，这首《鹤冲天》写成之后，也和其他作品一样，被民间广泛传唱，后来传入了皇宫。宋仁宗听到这首词如此狂妄大胆，轻视朝廷，自然非常讨厌柳永。以至于他第二次考中进士时，仁宗因在新进士名单中看到了他的名字，且想起他那句“忍把浮名，换了浅斟低唱”，仍然耿耿于怀，意立即除了他的名，于是批示说：“这个人只知道花前月下，喜欢浅斟低唱，还要这浮名作什么，且去填词罢了。”就这样黜落了他。柳永一而再，再而三的受到了打击，却非常不逊的自我解嘲，从此说自己是“奉圣旨填词柳三变”，倒很风趣地自我幽默了一番。

天仙子

时为嘉禾小倅，以病眠，不赴府会。

◆张　先

《水调》数声持酒听，午醉醒来愁未醒。送春春去几时回？临晚镜，伤流景，往事后期空记省。　沙上并禽池上暝，云破月来花弄影。重重帘幕密遮灯，风不定，人初静，明日落红应满径。

赏析

此词为临老伤春之作，为词人享誉之名作。全词将词人慨叹年老位卑，前途渺茫之情与暮春之景有机地交融一起。上片写人之愁闷无聊，由午及晚；下片写到庭院中所见的景象，情寓景中，是动态。此词闻名于世的主要原因是善于炼字，词人正是通过“花弄影”开拓了美的境界，使全词为之生辉，体现了其词作的主要艺术特色。

作者简介

张先：（990—1078）字子野，乌程（今浙江湖州）人。天圣

八年（1030）进士。历任宿州掾、吴江知县、嘉禾（今浙江嘉兴）判官。皇祐二年（1050），晏殊知永兴军（今陕西西安），辟为通判。后以屯田员外郎知渝州，又知虢州。

故事

张先因病而不能参加府会，他心里是十分的落寞，想着宴会的盛景，又是不甘寂寥，于是在家中听起了《水调》来。相传水调歌为隋炀帝开凿运河时所制，旋律悲怨急切，多凄苦之音，当然使得张先更加伤怀。百般无赖之中于是拿酒自斟自酌，本想一醉方休，让烦愁随梦而去，却在醒来之时发现忧愁依旧。这首词就是张先在这种心绪下写的。张先写词，离不开“心中事，眼中泪，意中人”的题材，而他的一首《行香子》词，有“心中事，眼中泪，意中人”之句，因此，时人给他取了个绰号，名“张三中”。张先得知后，不仅不恼，反而很高兴，说：“为何不干脆叫我‘张三影’？”看众人不解，张先自鸣得意地说：“《天仙子》中的‘云破月来花弄影’，《归朝欢》中的‘娇柔懒起，帘压卷花影’，《剪牡丹》中的‘柳径无人，坠飞絮无影’，这‘三影’，才是我平生最得意的诗句呢。”于是，众人顿悟，都追着称呼“张三影”。后来，苏轼但凡提到他这个高龄长辈，也戏称：“能为乐府，号张三影者。”

木兰花

乙卯吴兴寒食

◆张　先

龙头舴艋吴儿竞，笋柱秋千游女并。芳洲拾翠暮忘归，秀野踏青来不定。　　行云去后遥山暝，已放笙歌池院静。中庭月色正清明，无数杨花过无影。

赏析

这首词以生动的笔触描绘了吴兴一带寒食前后的风俗习惯，抒写了词人细腻的感受。上片写阳光明媚季节里青年男女游春时的热闹，勾勒出赛龙舟、荡秋千、采百草和踏青等四个画面。下片着意刻画月色清明、池塘深院的幽静风光。初看来，这首词上下片之间似乎不相衔接，但仔细玩味，上片下片，细针密线，结体谨严。换头承前启后，续写寒食之夜。煞尾二句，暗用唐韩翃《寒食》诗意，题中“寒食”二字贯串全篇。看起来，词人虽然把游春的场面描绘得丰富而又热闹，但更加神往的却是后者。因此，上片是陪衬，下片是主体，以动衬静，以热闹衬幽寂。“无数杨花过无影”一句不仅表现出词人观察的细腻，同时，也是词中传神之笔，它无疑是词人锐意追求的审美享受与美的境界。

故事

相传，此源于纪念春秋时晋国人介子推。当时介子推与重耳流亡列国，割股肉供重耳充饥。重耳复国后，就是晋文公，介子推不求利禄，与母亲归隐山林。晋文公求人心切，又找不到他，就下令放火烧山，希望逼介子推下山辅佐自己，火烧三日才熄。后来有人在一棵枯柳树下发现了母子的尸骨，晋文公悲痛万分，葬介子推于绵山，修祠立庙，并令介子推焚死之日禁火寒食以寄哀思，后相沿成俗。寒食节禁烟火，只吃冷食。并在后世的发展中逐渐增加了祭扫、踏青、秋千、蹴鞠、牵勾、斗卵等风俗，宋朝的时候还有赛龙船的活动，曾被称为民间第一大祭日。

浣溪沙

◆晏　殊

一曲新词酒一杯，去年天气旧亭台。夕阳西下几时回？　无可奈何花落去，似曾相识燕归来。小园香径独徘徊。

赏析

此词虽含伤春惜时之意，却实为感慨抒怀之情。词之上片绾合今昔，叠印时空，重在思昔；下片则巧借眼前景物，着重写今日的感伤。全词语言圆转流利，通俗晓畅，清丽自然，意蕴深沉，启人神智，耐人寻味。词中对宇宙人生的深思，给人以哲理性的启迪和美的艺术享受。

作者简介

晏殊：（991—1055），字同叔，抚州临川（今属江西）人。依死后谥号，人称晏元献。少以神童召试，赐同进士出身。出仕真宗、仁宗两朝，官至集贤殿大学士、同中书门下平章事兼枢密使。范仲淹、韩琦、欧阳修等都出自他的门下。

故事

晏殊一次赴杭，途经扬州大明寺。大明寺属于扬州古刹，香客骆绎不绝。古时寺庙藏书甚多，可供寒贫书生在此读书，且还会提供饭食，一般寺中会设诗板，路往的文人墨客可题诗赋词于此留作纪念。晏殊见诗板，大发兴致，便将这些诗板逐一看过，却尽感觉平平，忽发现一首《扬州怀古》："水调隋宫曲，当年亦九成。哀音已亡国，废沼尚留名。仪凤终陈迹，鸣蛙底沸声。凄凉不可问，落日下芜城。"写得怨而不怒，情深意长，遂力加赞许，晏殊有意提携题诗之人，便招来见之，原来词人即是扬州主簿王琪，是个小官。然而晏殊并没有因此看低他，且设宴款待，宴后，两人在大明寺前的池畔散步，聊着诗词。忽然晏殊说："昔有一联，无可奈何花落去，苦思而不能得下联。"王琪沉吟片刻，言之可否对之"似曾相识燕归来"，晏殊读后觉浑然天成，赞赏不已，越发看重王琪。晏殊对此二句爱极，便以此作入词中。

浣溪沙

◆晏　殊

一向年光有限身，等闲离别易销魂。酒筵歌席莫辞频。　满目山河空念远，落花风雨更伤春。不如怜取眼前人。

赏析

此词慨叹人生有限，抒写离情别绪，所表现的是及时行乐的思想。全词在章法结构上下关合：下片“满目”句照应上片次句，因离别而念远；“落花”句照应上片首句，因慨叹人生短暂而伤春。

故事

晏殊是宋朝时真宗和仁宗两代的宰相，显赫一时。晏殊非常喜欢突然留客，家人们每次都十分慌张：一下来了几十个人，没有提前准备筵席，这可如何是好？晏殊每次都是微笑摆手：“不急，不急，先上酒来！”于是，宾客安然入座，一人设一空案、一酒杯，一边以歌乐相佐，一边谈笑作词；几圈过后，各色水果实蔬熟食都已经灿然上桌。晏殊等大家吃饱喝足、歌舞尽兴后，遣散歌妓，略一欠身："诸位，你们的表演结束了，现在，也该我献上两首，以宾主同欢!"于是洋洋洒洒，挥笔这首《浣溪沙》。本词是晏殊的代表作。词中所写的并非一时所感，也非一事，而是反映了作者人生观的一个侧面：悲年光之有限，感世事之无常；慨叹空间和时间的距离难以逾越，慨叹对已逝美好事物的追寻总是徒劳，在山河风雨中寄寓着对人生哲理的探索。词人幡然感悟，认识到要立足现实，牢牢地抓住眼前的一切。

好一个太平宰相、富贵闲人!

蝶恋花

◆晏　殊

槛菊愁烟兰泣露，罗幕轻寒，燕子双飞去。明月不谙离恨苦，斜光到晓穿朱户。　昨夜西风凋碧树，独上高楼，望尽天涯路。欲寄彩笺兼尺素，山长水阔知何处！

赏析

这首词写离恨相思之苦，情景交融，细致入微，感人至深。上片重在写景，寓情于景，一切景语皆情语。在词人的眼中，菊花似为愁烟所笼罩，兰花上的露珠似乎是它哭泣时流下的泪珠，这一亦真亦幻幽极凄绝的特写镜头，正是词人悲凉、迷离而又孤寂的心态的写照。下片写登楼望远。通过高楼独望把词人望眼欲穿的神态生动地表现出来。全词格调温婉、章法谨严，是难得的佳作。

“昨夜西风凋碧树，独上高楼，望尽天涯路。”这几句，使固有的惨澹、凄迷气氛又增添了几分萧瑟、几分凛冽。西风方烈，碧树尽凋；木犹如此，人何以堪！“望尽”，既表明其眺望之远，也见出其凝眸之久，从时空两方面拓展了词境。

故事

宋代时，有一个叫杜世安的人，人称杜郎中，时常赋诗填词。词人虽学问有限，却十分自负，把谁都不放在眼里。晏殊创作的这首《蝶恋花》词一出，众人皆拍手叫好，惟独杜世安看了连连摇头，认为“槛菊愁烟兰泣露”不如改成“槛菊愁烟沾泣露”，大家都觉得改的似是而非，谁也没有理会他，他却还不知趣，说“罗幕轻寒，燕子双飞去”两句写的太孤寂，而后面的“明月不谙离恨苦”更令人费解，于是他大笔一挥，将晏殊的《蝶恋花》改成了一首《端正好》：“槛菊愁烟沾泣露，天微冷，双燕辭去。月明空照别离苦，透素光，穿朱戶。夜來西风凋寒树，凭栏望，迢迢长路。花笺写就此情绪，特寄传，知何处?”两词放在一起比较，高下立判，晏殊的《蝶恋花》奇光四射，而杜世安的《端正好》黯淡无光。只得来大家一阵哄笑。“昨夜西风凋碧树，独上高楼，望尽天涯路”，被王国维在《人间词话》中称为“古今之成大事业、大学问者，必经过三种境界之第一境界也”。

木兰花

◆宋　祁

东城渐觉风光好，縠皱波纹迎客棹。绿杨烟外晓寒轻，红杏枝头春意闹。　浮生长恨欢娱少，肯爱千金轻一笑。为君持酒劝斜阳，且向花间留晚照。

赏析

这首词主旨在歌咏春天，劝人珍惜美好光阴。上片写初春风景的美好，结句的一个“闹”字把春天点染得生机勃勃；下片从情感出发，想藉机留住春天短暂的脚步，写出词人对春光的留恋不舍。词人经常官务缠身，想他平时一定少有机会能从自然风光寻求人生乐趣，故言“浮生长恨”，于是，当他见到美好春色，宁可放掷“千金”，也不愿错过春光明媚之“一笑”。既然春天美景如此珍贵，所以词人不禁提出妄想要求：要拿酒劝说斜阳，多向花丛映照，使花朵得以绚丽持久。正因他这样的要求是不可能实现，所以更表现出词人对春天的珍惜。

作者简介

宋祁：(998—1061)，字子京，北宋安州安陆（今湖北安陆）人，后徙居开封雍丘（今河南杞县)。与欧阳修同修《唐书》，书成，进工部尚书，拜翰林学士承旨。

故事

北宋年间，与宋祁同时代有位词人，名为张先，他以登山临水、创作诗词自娱。他的词与大词人柳永齐名，擅长小令，亦作慢词。其词含蓄工巧，情韵浓郁。题材大多为男欢女爱、相思离别，或反映封建士大夫的闲适生活。一些清新深婉的小词写得很有情韵，其作《天仙子》颇具代表：“水调数声持酒听，午醉醒来愁未醒。送春春去几时回？临晚镜，伤流景，往事后期空记省。沙上并禽池上暝，云破月来花弄影。重重帘幕密遮灯，风不定，人初静，明日落红应满径。”有一次，宋祁专程前去拜访张先。其时，张先任都官郎中，拜访他的人很多，张先十分厌烦，经常想办法躲避。宋祁的随从对张先的门人说：“尚书想见‘云破月来花弄影’郎中。”躲在屏风后面的张先听门人回话后，说：“莫非是‘红杏枝头春意闹’尚书？”宋祁时任上书之职，当时被人称为“红杏尚书”。两人相见，谈笑甚欢。

鹧鸪天

◆宋　祁

画毂雕鞍狭路逢。一声肠断绣帘中。身无彩凤双飞翼，心有灵犀一点通。　　金作屋，玉为笼。车如流水马游龙。刘郎已恨蓬山远，更隔蓬山几万重。

赏析

这首小词以抒情为主。上片回忆途中相逢，下片抒写相思之情。“身无彩凤双飞翼，心有灵犀一点通”，是唐代大诗人李商隐《无题》诗中的名句；而“刘郎已恨蓬山远，更隔蓬山一万重”，也是李商隐《无题四首》中的句子。“车如流水马如龙”，则是唐苏颋七绝诗里得到的。词人借古人之词，表心中之意，把他一腔极为缠绵而又惆怅的情绪，勾画得颇为动人。

故事

宋祁，跟他后来改名宋庠的哥哥宋郊一起被人称为“大宋小宋”。有一次，在路上行走的宋祁正巧遇上了宫廷出来的车子。车内忽然有人轻轻地叹了声：“这就是小宋呀！”但宋祁却不敢就着她的声音回答，因为他知道，作为臣子，宫里那些即便是自己倾心的女人，那也是他不敢非分觊觎的，但作为文人，他不由得对车中美人的那声叹息又感到很是受用，于是他便不禁感慨淋漓地写出这首词来。由于小宋的巨大知名度，这首词很快便传播了开来。连仁宗皇帝对这词所具婉转而又惆怅的情怀，也颇有同感。便问所有在场的宫女道："你们第几车中，是谁在呼的'小宋'?"宫人中不敢自行隐瞒，遂站出来称当时是她呼的小宋，吓得她不知道皇帝将要对她作出怎样的惩罚。随后，仁宗却把宋祁给宣召了进来，宋祁一听此事，害怕得要命，遂在地上一再叩头谢罪，并请求皇上宽恕他的冒昧和冲撞。而仁宗却笑了起来："呵呵，爱卿词中借用义山诗句，所谓'刘郎已恨蓬山远，更隔蓬山一万重'。事实上，'蓬山不远'嘛!"说完，他就把那位在车中喊着"小宋"的宫人赏赐给了宋祁。由此可见，仁宗为这佳话增添上了一抹亮丽的色彩，同时也为皇帝爱才子而不吝惜女人的做法增添了一段绝妙的注脚。

踏莎行

◆ 欧阳修

候馆梅残，溪桥柳细。草薰风暖摇征辔。离愁渐远渐无穷，迢迢不断如春水。 寸寸柔肠，盈盈粉泪。楼高莫近危阑倚。平芜尽处是春山，行人更在春山外。

赏析

此词运用了三种艺术表现手法。一是托物兴怀，词中写残梅、细柳和薰草这些春天里的典型景物，点缀着候馆、溪桥和征途，表现出南方仲春融和的气氛，但对于离愁的行人来说，却倍增烦恼，更添愁思；二是比喻，化虚为实。“愁”是一种无可视感的情绪，将它比喻为迢迢不断的春水，既形象又贴切，这样化虚为实，可视可感；三是逐层深化，委曲尽情。全词悱恻幽回，情深意远。

作者简介

欧阳修：(1007—1072 年)，字永叔，号醉翁，晚年又号六一居士，吉州永丰（今江西永丰）人。天圣八年（1030 年）进士。官至枢密副使、参知政事。欧阳修是北宋诗文革新的领袖，一代文宗，散文名列“唐宋八大家”。文风平易流畅，纡徐婉曲，富于情韵，对当时的浮艳诗风也有所革新。同时又是史学家，与宋祁同修《新唐书》，独力完成《新五代史》。

故事

本词中有“溪桥柳细”的句子，据说欧阳修极爱柳，词中总是提到“柳”，如“月上柳梢头，人约黄昏后”（《生查子》），“杨柳堆烟，帘幕无重数”（《蝶恋花》），相传，他在扬州任太守时，就曾亲手在大明寺平山堂前种植了一株垂柳。当离开时，那棵树早已婀娜生姿、婆娑可爱了。世人都称这株柳为欧公柳。世间偏有不甘寂寞的可笑之人。薛嗣昌继任扬州太守后，自不量力，在“欧公柳”对面也植了一株柳，美其名曰“薛公柳”。他的这种东施效颦之举被人们视为笑柄，过往的人们无不对他而嗤之以鼻。在他离任后，这株“薛公柳”便被人伐去。庆历十一月，右司郎中糜师旦游历到此处，看见堂中壁间字画、堂前杨柳都不见了，于是移来数十株柳树补栽上，并题诗云：“壁上龙蛇飞去久，堂前杨柳补新来。一生企慕欧阳子，重到平山省后身。”足见后人对欧阳修的敬仰。

生查子

元　夕

◆ 欧阳修

去年元夜时，花市灯如昼。月上柳梢头，人约黄昏后。　今年元夜时，月与灯依旧。不见去年人，泪满春衫袖。

赏析

这是首相思词，明白如话，饶有韵味。上片写去年元夜情事；下片写今年元夜相思之苦。此词既写出了情人的美丽和当日相恋时的温馨甜蜜，又写出了今日伊人不见的怅惘和忧伤。写法上，它采用了去年与今年的对比性手法，使得今昔情景之间形成哀乐迥异的鲜明对比，从而有效地表达了词人所欲吐露的爱情遭遇上的伤感、苦痛体验。这种文义并列的分片结构，形成回旋咏叹的重叠，读来一咏三叹，令人感慨。“月上柳梢头，人约黄昏后。”与佳人相约在月上柳梢头之时、黄昏之后。此二句言有尽而意无穷。柔情蜜意溢于言表。

故事

《生查子·元夕》的作者是谁？文学史上有两种互相争论的意见。一说是北宋欧阳修作，一说是南宋朱淑真作。这首词欧阳修的《庐陵集》和朱淑真的《断肠集》都有收录。关于此词究竟属欧阳修还是朱淑真作，自明朝以来就有争论。直至现代，争论尚未平息。说《生查子·元夕》为朱淑真所作的，首推明代杨慎。杨慎《词品》中的《朱淑真〈元夕〉词》条，详细论说了这首词为朱淑真作的见解，杨慎在明代声誉很大，他这一说法对当时和后世很有影响。认为此词为朱淑真作的还有明末藏书家毛晋，毛晋在汲古阁《宋名家词》跋语中，即有关于朱淑真《生查子》词的记载。此外，《情史》、《游览志余》和许多清人笔记，也都认为此词为朱淑真作；认为《生查子·元夕》词为欧阳修所作的则有清代的王士禛、陆以湉、况周颐等人。王士禛的《池北偶谈》说："这首《生查子》词，收藏于《欧阳文忠集》一百三十一卷，不知为什么以讹为朱氏所作。"陆以湉的《冷庐杂识》认为此词是后人误编入朱淑真的《断肠集》中。况周颐在《蕙风词话》中更加认定此词为欧阳修所作。清代撰修的《四库全书》，也并驳斥了这首词为朱淑真所作的说法。这场"官司"不知打到何时方能结束！

玉楼春

◆ 欧阳修

尊前拟把归期说，欲语春容先惨咽。人生自是有情痴，此恨不关风与月。　离歌且莫翻新阕，一曲能教肠寸结。直须看尽洛城花，始共春风容易别。

赏析

词人被贬，离别洛阳时，和亲友话别，内心凄凉。在离筵上拟说归期，却又未语先咽。“拟把”、“欲语”两词，蕴含了多少不忍说出的惜别之情。然而作为一个理性的词人，别离之际虽然不免“春容惨咽”，但并没有沉溺于一己的离愁别绪而不能自拔，而是由己及人，将离别一事推向整个人世的共同主题。词人清醒地认识到：离情别恨是人与生俱来的情感，与风花雪月无关。因此，离别的歌不要再翻新曲了，一曲已经令人痛断肝肠了。词在抒写离愁别绪这一主题方面不同凡响，有悲情凄凉，更有豪情纵横，寄寓了词人对美好事物的爱恋与对人生无常的感慨。

故事

景祐三年（1036），吏部员外郎范仲淹权知开封府，与权相吕夷简发生激烈冲突。范仲淹为了矫正时弊，指责吕夷简败坏朝纲，滥进私党，结果被贬外郡。支持范仲淹的人，也同时被贬。朝廷还为此下诏，告诫文武百官不准越职言事。这等于压制民主，堵塞言路。势利小人趁势诋毁范仲淹，一时间群臣不敢言，气氛十分压抑。而欧阳修却拍案而起，仗义执言，立即撰文痛斥无耻小人的卑鄙行径。结果朝廷怪罪下来，把他被贬为峡州夷陵（今湖北宜昌）县令。就要离开洛阳时，欧阳修心中凄然，填了这首词，表示对洛阳的惜别之情。

“人生自是有情痴，此恨不关风与月。”这二句是对眼前情事的一种理念上的反省和思考，而如此也就把对于眼前一件情事的感受，推广到了对于整个人世的认知。虽是理念上的思索和反省，但事实上却是透过了理念才更见出深情之难解。

蝶恋花

◆ 欧阳修

赏析

这首词以生动的形象、清浅的语言，含蓄委婉、深沉细腻地表现了闺中思妇复杂的内心感受，是闺怨词中传诵千古的名作。此词首句“深深深”三字，其用叠字之工，致使全词的景写得深，情写得深，由此而生深远之意境。

故事

欧阳修四岁那年，父亲去世了，家里生活十分贫困。他的母亲郑氏一心想让儿子读书，可是家里没钱供他上学，郑氏左思右想，决定自己教儿子。她买不起纸笔，就拿荻草秆在地上写字，代替纸笔，教儿子认字。这就是历史上有名的“画荻教子”的故事。欧阳修没有辜负母亲的希望，23 岁就进士及第，声名鹊起。少年得志的欧阳修，热情张扬，不拘小节，总是出入坊间和歌妓饮酒调笑，因此他早期的词大都是惜春赏花，相思别离的情感，甚至公开讴歌但是世俗所不允许的男女情爱。这个时期，欧阳修写下的词，大多都是精品，而这首词可以说是精品中的精品。李清照酷爱“庭院深深深几许”，作词数阕。

菩萨蛮

◆ 王安石

数间茅屋闲临水，窄衫短帽垂杨里。花是去年红，吹开一夜风。　　梢梢新月偃，午醉醒来晚。何物最关情，黄鹂三两声。

赏析

此词与王安石晚年的诗作相似，以精炼的笔墨描绘了美丽如画的湖光山色。词中营造出清隽秀丽、悠闲恬静的意境，以此来抒发洒脱放达之情，以求得精神上的慰安和解脱。全词安逸恬淡的生活情景中寄寓着政治家的襟怀心志，娴雅流丽的风格中显示出词人的才情骨力，体现了词人的词素洁平易而又含蓄深沉的词风。

作者简介

王安石：（1021—1086），字介甫，晚号半山，抚州临川（今江西临川）人，世称临川先生。他是北宋杰出的政治家，早年在鄞县、舒州等地做地方官，积累了外任的从政经验，目睹时弊，主张政治革新。

故事

据《能改斋漫录》记载："王荆公筑草堂于半山，引八功德水作小港，其上叠石作桥。为集句填《菩萨蛮》。"所谓集句词，即全用前人诗句杂缀成词。这首词第一句用的是刘禹锡《送曹璩归越中旧隐诗》："数间茅屋闲临水，一盏秋灯夜读书。"第三句取自唐人殷益的《看牡丹》："发从今日白，花是去年红。"第五句的出处是韩愈的《南溪始泛》："点点暮雨飘，梢梢新月堰。"第六句来自方域的诗《失题》："午醉醒来晚，无人梦自惊。"如此信手拈来，随意驱策，使之协律入乐，变诗为词，确实体现了王安石学富才高的创作功力。王安石一生写了不少集句诗，当时人们竞相仿效，成为一种风气。他不仅集句为诗，也集句为词，这也可以说是他的首创，同时的苏轼、黄庭坚，后来的辛弃疾等，皆相效法。集句为词，除了要谙熟前人作品外，还要考虑句式长短，对偶声韵，但最主要的是在词意上须安排妥帖，情思联续，使之如出己口，真正为自己表情达意服务。只有如此，集句词才算是一种艺术创作，否则只是一领破衲衣而已。

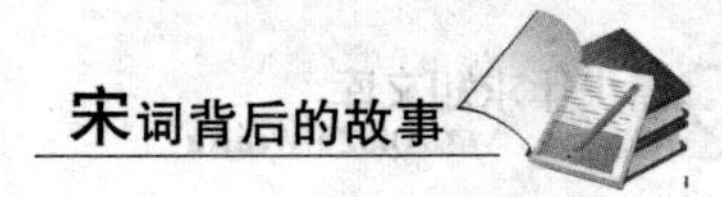

浪淘沙

◆王安石

伊吕两衰翁。历遍穷通。一为钓叟一耕佣。若使当时身不遇，老了英雄。　汤武偶相逢。风虎云龙。兴王祇在笑谈中。直至如今千载后，谁与争功。

赏析

全词写的是伊尹、吕尚（姜子牙）的故事，实际上是在用典寄志，委婉地抒写个人的理想和抱负。这首咏史词上、下片的前三句都运用了“叙”的手法，后二句则是用“议”表达。“叙”的部分讲述伊尹、吕尚两人出身卑微，曾历经了种种困窘。“议”的部分则是说如果伊吕两人不是遇到商汤周武这两位慧眼识英才的明君圣主而被重用的话，他们就只是被埋没了的英雄，不可能建立一番功盖当世、超越千载的事业。这些议论寄托了王安石的感慨和希冀。

故事

传说伊尹本是伊水旁的一个弃婴，奴隶出身，原名“挚”，

“尹”是他后来所担任的官职。他见有莘氏国君有贤德，想劝说他起兵灭夏。为接近有莘国君，他自愿沦为奴隶，充任有莘国君贴身厨师。国君发现其才干，提拔为管理膳食之官。经长期观察，伊尹发现，有莘氏与夏同姓，均为夏禹之后，血缘联系难以割断，况且有莘国小力弱，不足以担当灭夏重任，只有汤才是理想人选，决定投奔汤。其时汤娶有莘氏之女为妃，伊尹自愿随同到商。他背负鼎俎为汤烹炊，以烹调、五味为引子，分析天下大势与为政之道，劝汤承担灭夏大任。汤由此方知伊尹有经天纬地之才，便免其奴隶身份，命为右相，成为最高执政大臣。伊尹不仅是辅佐汤夺取天下的开国元勋，还是后来三任商王的功臣。

吕尚本姓姜，名尚，字子牙。相传商代纣王，荒淫无道，建筑鹿台。下大夫姜子牙直言相谏，触怒纣王，欲杀子牙。子牙气愤逃走，隐居在一个村子里，常在水边用直钩钓鱼。周文王听到此事，打听到姜子牙乃贤士，遂以礼相聘。封为太师。因辅佐文王之子武王伐纣灭商有功，封为齐侯。后来，把姜子牙垂钓的地方和村名，称为钓鱼台。

清平乐

春晚

◆ 王安国

留春不住，费尽莺儿语。满地残红宫锦污，昨夜南园风雨。　小怜初上琵琶，晓来思绕天涯。不肯画堂朱户，春风自在杨花。

赏析

此词交叉地写听觉与视觉的感受，从音响与色彩两个方面勾勒出一幅残败的暮春图画，表达了词人伤春、惜春、慨叹美好年华逝去的情怀，寄寓了词人深沉的身世感慨。全词融情于景，写景中融进了自己的生活，写出了自己的性情与风骨，堪称一首出类拔萃的伤春词。“不肯画堂朱户，春风自在杨花。”词人写到眼前触目皆是的杨花——这一暮春特有的风光：只见那如雪的飞花飘扬，是那样的自由自在，可始终不肯飞入那权贵人家的画堂朱户。

作者简介

王安国：（1028—1074），字平甫，临川（今江西抚州）人，王安石之弟。熙宁初，赐进士及第，除西京国子教授，历崇文院校书、秘阁校理。与兄政见不合，反对新法。

故事

王安国是王安石的弟弟，神宗熙宁初年，以才行召试及第，官至秘阁校理。他虽是当朝宰相的弟弟，对于乃兄推行新法，却颇不同意。他的政治主张固然保守，但他并不想凭借哥哥的势位去猎取高官厚禄，为人还是耿直的。有一回，王安石看到晏殊写的小词，笑道：“做宰相的，也写这种东西吗？”王安国听了，马上顶了一句：“晏公不过在兴上头偶然玩玩罢了，难道他的事业就只有这些？”可见他不以为写词便有损大臣的风度，倒有点觉得哥哥过分古执了。（王安石也填词，不过数量甚少。至于这个传说，真实性到底有多少，很难说。因为别人加在王安石头上的谣言讹语实在是太多了。）王安国不但没有受到朝廷的重用，相反，在过了多年的冷署闲曹生活以后，终于被当朝的吕惠卿（一个先是谄媚逢迎王安石，其后得势，又反过来陷害王安石的小人）借事加害，夺去官籍，放归田里。王安国在官场上实在是很失意的，但他却毫不在乎，这首《清平乐》就可以作为证明，真正能反映他本人的品格。

临江仙

◆ 晏几道

梦后楼台高锁，酒醒帘幕低垂。去年春恨却来时。落花人独立，微雨燕双飞。 记得小初见，两重心字罗衣。琵琶弦上说相思。当时明月在，曾照彩云归。

赏析

这是一首伤感的怀念昔日恋人之作。词的上片写“春恨”，描绘梦后酒醒、落花微雨的情景。下片写相思，追忆“初见”及“当时”的情况，表现词人苦恋之情、孤寂之感。全词在怀人的同时，也抒发了人世无常、欢娱难再的淡淡哀愁。

作者简介

晏几道：(1038—1110)，字叔原，号小山，北宋临川（今属南昌进贤）人。晏殊第七子。能文善词，与其父齐名。历任颍昌府许田镇监、乾宁军通判、开封府判官等。性孤傲，晚年家境中落。词风哀感缠绵、清壮顿挫。有《小山词》。

故事

晏几道作为一个盛世的落魄贵公子，早年度过的是一段诗酒燕笑、裘马轻狂的日子。而这些美好的时光，在他后来际遇不偶时，则都化成了伤感的回忆。天分极高且锐感多情的他，便常常把爱恋溶入记忆，把痛苦溶入诗歌，哭诉着那段如烟的往事，回忆着已经逝去的绮色华年。这首《临江仙》就是在这一心境下写成的。《小山词》的自序中言：“篇中所记，悲欢离合之事，如幻如电，如昨梦前尘，但能掩卷抚然，感光阴之易逝，叹境缘之无实也。”世事恍若昨梦前尘，让晏几道觉得人生极是虚幻，光阴逝去之时，剩下的只有两鬓白发，真是浮生若梦。其又云：“始时，沈十二廉叔、陈十君龙，家有莲、鸿、、云，工以清讴娱客，每得一解，吾三人听之为一笑。”莲鸿云，她们的一笑一颦、她们的一歌一舞，在晏几道的心中刻下了不可抹去的痕迹，斗草阶前的微笑相迎、曲水侧畔的含羞相见、琵琶弦上的诉说相思，在其魂梦中频繁地浮现出来，成为晏几道一生所恋，他梦中的这些情语，真个是“情至深、俱是怨”，这首千古名篇《临江仙》当为词人怀思歌女莲鸿云中的所作。

蝶恋花

◆ 晏几道

醉别西楼醒不记，春梦秋云，聚散真容易。斜月半窗还少睡，画屏闲展吴山翠。　衣上酒痕诗里字，点点行行，总是凄凉意。红烛自怜无好计，夜寒空替人垂泪。

赏析

这首小词写别后的凄哀愁情。上片写醉梦醒来，记得的只是因离别痛苦难遣而大醉以浇离愁，醒来只剩自怀一人独对斜月画屏，凄凉孤寂不尽。下片写聚时的酒痕诗字，现在睹物生景，无不都是凄凉哀伤。此词为离别感忆之作，全词充满无可排遣的惆怅和悲凉心绪。词人用拟人化的手法，从红烛无法留人、为惜别而流泪，反映出自己别后的凄凉心境，结构新颖，词情感人，很能代表小山词的风格。

“红烛自怜无好计，夜寒空替人垂泪。”意思是红烛自悲自怜也无计解脱凄哀，寒夜里替人空垂泪滴。这是词人用拟人化手法，赋红烛以人性，更显凄凉。风格婉约，手法精妙。

故事

据说晏几道幼时曾喜欢柳永的词，但是，长大后的晏几道，却开始像他父亲晏殊那样，视柳永那类慢词为“下里巴人”；在他后半生的神宗时代，是在柳永之后、苏轼主导的慢词黄金时代，晏几道却更加沉醉在“阳春白雪”的小令创作里，写那些回肠荡气的男女悲欢离合。苏轼曾对晏几道拒绝慢词、坚持小令的做法十分纳闷。一次，苏轼亲自来拜访已经落魄的晏几道，想和他谈谈心。晏几道从破旧的屋子里踱出来，冷冷地说道：“当今朝廷高官，多半是我晏府当年的旧客门生，我连他们都无暇接见，更何况你！”说完他就掉头回屋。苏轼自然愣住。当时的苏轼名满天下，又喜朋友，所到之处，无不呼朋引类，极受欢迎。这种钉子还是人生第一次碰到！苏轼捋捋胡子，笑着走开了。遇见这么一个任性倔强的落魄公子，他除了笑一笑之外，还能怎么样？难道要去跟穷途末路的晏几道怄气不成？可见晏几道是多么高傲。

鹧鸪天

◆ 晏几道

彩袖殷勤捧玉钟，当年拚却醉颜红。舞低杨柳楼心月，歌尽桃花扇影风。　　从别后，忆相逢，几回魂梦与君同。今宵剩把银照，犹恐相逢是梦中。

赏析

这首词是词人脍炙人口的名作，写词人与一个女子的久别重逢。上片利用彩色字面，描摹当年欢聚情况，似实而却虚，当前一现，倏归乌有；下片抒写久别相思不期而遇的惊喜之情，似梦却真，利用声韵的配合，宛如一首乐曲，使听者也仿佛进入梦境。全词不过五十几个字，而能造成两种境界，互相补充配合，或实或虚，既有彩色的绚烂，又有声音的谐美，足见词人词艺之高妙。

故事

《墨庄漫录》里记载了这样一件事：晏几道家中藏书很多，每次搬移都很麻烦，妻子很厌烦，说他："简直就像乞丐搬漆碗一样当作宝贝！”于是晏几道写了《戏作示内》：“愿君同此器，珍重到霜毛。”说自己生平只有这些家当，又怎能不爱惜？从这里可知，他的原配夫人并不是丈夫的知心同道，但晏几道遇到妻子的抱怨，并不气恼，只是作诗开解，牢骚中不乏风趣。面对不通文墨的妻子，作为诗词大家的晏几道在外面找几个红颜知已，就很正常了。据他自己在《小山词跋》的记载：“沈廉叔、陈君宠家有、云、鸿、莲四个美女歌妓，擅长清歌，朋友间宴集，晏几道每写一首词，就付给她们歌唱，三人持酒欣赏，作为消遣的娱乐。但这段欢乐的光景并不久长，不久陈君宠重病不起，沈廉叔也过世，、云、鸿、莲四个歌女，随着主人或死或病而风流云散，大多又流落到了别人家里服侍新的主人。晏几道所作的那些记录着他们之间往事的词篇，遂与这些歌女们一起流落四处。追想旧日交游，如今却是死者长已矣，生者病不堪，往昔的温馨美好，一去不复返，怎能不使人怅然生悲！一次，晏几道在别家的宴会上重新见到了她们其中一人，就毫不掩饰地写了这首词。

阮郎归

◆ 晏几道

天边金掌露成霜，云随雁字长。绿怀红袖趁重阳，人情似故乡。　　兰佩紫，菊簪黄，殷勤理旧狂。欲将沉醉换悲凉，清歌莫断肠！

赏析

此词应为词人晚年写于汴京，是重阳佳节宴饮之作。词人在词中感叹身世，自抒感怀，虽写抑郁之情，但并无绝望之意。全词写情波澜起伏，步步深化，由空灵而入厚重，音节从和婉到悠扬，适应感情的变化，整着词的意境是悲凉凄冷的。纵观全词，尽管词人那种披肝沥胆的真挚一如既往，但在经历了许多风尘磨折之后，悲凉已压倒缠绵；虽然还有镂刻不灭的回忆，可是已经害怕回忆了。

故事

晏几道虽生于相门，但一生清狂磊落，耿介孤直，不肯傍依贵人之门，也不肯趋附时俗，只做过颍昌许田镇监，开封府推官之类的小官。黄庭坚称其“人英”。晏几道之所以退出官场，是出自本能的一种厌恶。他的价值观，是把文学创作当作高尚的事业来看待。在他心目中，天平只称得出文学价值的高低，而称不出世俗地位的高低。晏几道晚年穷愁潦倒，又任意疏狂，他的词作由清丽转向沉郁，只是不合世俗的“旧狂”依在，这首《阮郎归》是他晚年的代表作。

“绿杯红袖趁重阳，人情似故乡。”汴梁的风俗与故乡临安很相似，便趁着这重阳节的歌舞筵席作一次强颜欢笑。意蕴厚重，以赞眼前欢悦人情，引出倦游思归之意。

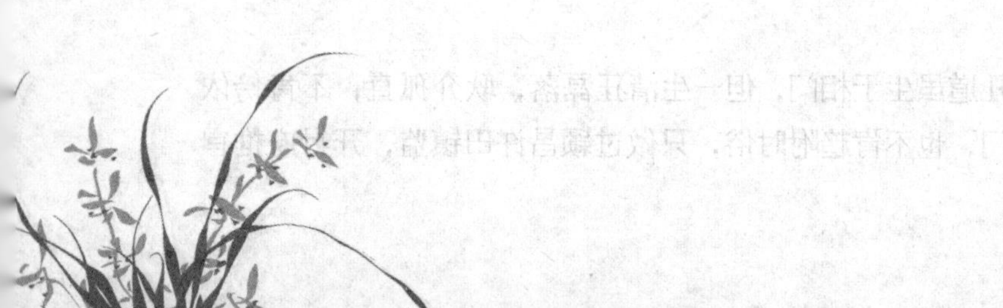

思远人

◆ 晏几道

红叶黄花秋意晚，千里念行客。飞云过尽，归鸿无信，何处寄书得。　　泪弹不尽临窗滴，就砚旋研墨。渐写到别来，此情深处，红笺为无色。

赏析

《思远人》词牌由晏几道而创。此为闺中念远之作，上片写秋晚而引起思念远方行客的离愁，下片写愁极和泪研墨写信的情形。这首词后人评为"痴人痴事"。相思情苦，以泪洗面，还算常事；合泪研墨，却是痴态；以泪和墨、润笔作书，更属痴绝。结语不说红笺因泪褪色，反说情深使红笺无色，语似无理，却是慧心妙语，令人称绝。此词与词人惯常的"情溢词外，未能意蕴其中"这一风格不同。全词用笔甚曲，下字甚丽，宛转入微，味深意厚，堪称词人的词作中别出机杼的异调。

故事

晏几道对歌女一往情深，对朋友以诚相待，对权贵嗤之以鼻。故苏门四学士中的黄庭坚在称赞他是“人杰”的同时，却又说他“痴亦绝人”：“仕宦连蹇而不能一傍贵人之门，是一痴也；论文自有体，不肯作一新进士语，此又一痴也；费资千百万，家人寒饥，此又一痴也；人百负之而不恨，已信人，终不疑其欺己，此又一痴也。”他一生只担任监颍昌府许田镇以及开封府推官等小吏。沉沦下僚，升不了官，还不愿利用一下老爸（晏殊）的资源，厚厚脸皮跑跑后门，不是痴吗？文章写得行云流水，却不去参加科举考试以图进阶，不是痴吗？一生花钱无数，家人却饿得面黄肌瘦，不是痴吗？被人骗了一次又一次，却仍然诚以待人，不是痴吗？虽然黄庭坚的话充满黑色幽默，但对他的行事为人确实是精当绝妙的评价。

“泪弹不尽临窗滴，就砚旋研墨。”语出孟郊《归信吟》：“泪墨洒为书”一句，其境情真意足，果然是痴人痴词。

卜算子

送鲍浩然之浙东

◆王　观

水是眼波横，山是眉峰聚。欲问行人去那边？眉眼盈盈处。　　才始送春归，又送君归去。若到江南赶上春，千万和春住。

赏析

这是一首送别词。词中以轻松活泼的笔调、巧妙别致的比喻、风趣俏皮的语言，表达了词人送别友人鲍浩然时的心绪。上片写友人一路山水行程，含蓄地表达了惜别深情；下片则直抒胸臆，兼写离别思绪和对友人的深情祝愿。词人在宋词人中不算出名，但这一首《卜算子》却写得特别有味道，词是送人之作，却毫无送别的悲愁，通篇都是奇想妙想，轻快美好，看得出词人也应该人如其词，是一个乐天派。

作者简介

王观：(1035—1100)，字通叟，如皋（今属江苏）人。王安石为开封府试官时，擢置高等，仁宗嘉祐二年（1057）进士。神宗熙宁中，曾以将仕郎守大理寺丞，知扬州江都县事。在任时作《扬州赋》，神宗阅后甚喜，大加褒赏。又撰《扬州芍药谱》1卷。

故事

据《能改斋漫录》记载，王观曾经做到翰林学士之职，相传他曾奉诏作《清平乐》词一首，描写宫廷生活："黄金殿里，烛影双龙戏。劝得官家真个醉，进酒犹呼万岁。折旋舞彻《伊州》，君恩与整搔头。一夜御前宣住，六宫多少人愁。"高太后看后认为亵渎了神宗赵顼，第二天便将他罢职逐出朝廷。王观遂自号"逐客"，最后为一介平民。此词中所写，无非是皇帝和一个受宠嫔妃的宴乐，所谓亵渎，大概就是不加避讳的描写了一点调情的场景，语言中有一股戏谑之味，显得对万乘之君不是那么尊重。虽然在古代，词的风格并不用像诗那样"温柔敦厚"，保持庄重面孔，但敢于对皇帝的私生活进行打趣，而且这种打趣不是私下里，而是正儿八经的交"应制"的命题作文，王观的轻狂的确可见一斑。

点绛唇

◆ 魏夫人

波上清风，画船明月人归后。渐消残酒，独自凭栏久。　聚散匆匆，此恨年年有。重回首，淡烟疏柳，隐隐芜城漏。

赏析

此词抒发了离愁别绪，是有感于人生聚散无常而作。词写月夜送别，侧重点居者的忧思、别后月夜的伫望和凝想。词中对女主人公自我形象的描写着墨不多，摄取清风、明月、淡烟、疏柳、隐隐鼓漏等清丽秀逸的景物来烘托映衬，创造出一个优美的意境。

作者简介

魏夫人名玩，字玉汝，北宋女词人。曾布之妻，魏泰之姊，封鲁国夫人。襄阳（今湖北襄樊）人。生卒年不详，曾布参与王安石变法，后任枢密院事，为右仆射，魏氏以此封鲁国夫人。

故事

魏夫人是北宋女词人的杰出代表，与李清照遥相呼应。理学大儒朱熹曾说过：“本朝能词妇人，惟有魏夫人、李清照二人而已。”魏夫人心地善良，有菩萨之心。熙宁初年，曾布初入仕，被任职为海州怀仁县令。帐下有一个叫张者的监酒使，妻子刚刚亡去，留下幼女，仅仅六七岁。小女孩聪明黠慧，魏夫人叹她身世可怜，便把她带到家中教以诗书。小女孩颇有天资，所教一学就会，魏夫人对她非常喜爱，如同己出。后来因为曾布移官，不得已与小女孩分开。绍兴初年，曾布任枢密使，张家小女已经成为一名宫人，虽然没有什么名位，但是因为诗书了得，且下笔不凡，受到宫廷内外的看重。后来她与魏夫人重逢，两人经常聚在一起叙旧。魏夫人过世后，张女在魏夫人灵前哭得如同泪人，好像亡去的是自己的亲生母亲，在伤逝中她作了一首悼念诗：“香散廉幕寂，尘生翰墨间。空传三壶誉，无复内班朝。”

满庭芳

元丰七年四月一日，余将去黄移汝，留别雪堂邻里二三君，会李仲览自江东来别，遂书以遗之。

◆苏　轼

归去来兮，吾归何处？万里家在岷峨。百年强半，来日苦无多。坐见黄州再闰，儿童尽、楚语吴歌。山中友，鸡豚社酒，相劝老东坡。　云何，当此去，人生底事，来往如梭。待闲看秋风，洛水清波。好在堂前细柳，应念我，莫剪柔柯。仍传语，江南父老，时与晒渔蓑。

赏析

本词于平直中见含蓄婉曲，于温厚中透出激愤不平，在依依惜别的深情中表达出词人与黄州父老之间珍贵的情谊，抒发了词人在坎坷、不幸的人生历程中，既满怀悲苦又寻求解脱的矛盾双重心理。上片抒写对蜀中故里的思念和对黄州邻里父老的惜别之情。词的下片，进一步将宦途失意之怀与留恋黄州之意对写，突出了词人达观豪放的可爱性格。

作者简介

苏轼：(1037—1101)，字子瞻，又字和仲，号“东坡居士”，世人称其为“苏东坡”。眉州（今四川眉山，北宋时为眉山城）人，祖籍栾城。北宋著名文学家、书画家、词人、诗人，美食家，唐宋八大家之一，豪放派词人代表。其诗，词，赋，散文，均成就极高，且善书法和绘画，是中国文学艺术史上罕见的全才，也是中国数千年历史上被公认文学艺术造诣最杰出的大家之一。

故事

宋神宗元丰七年（1084 年），因“乌台诗案”而谪居黄州达五年之久的苏轼，奉命由黄州量移汝州（今河南临汝）。所谓量移指的是被贬远方的臣子，遇赦酌情移近安置，并非平反复官。对于苏轼来说，这次虽是从遥远的黄州调到离京城较近的汝州，但 5 年前加给他的罪名并未撤消，官职也仍是一个“不得签书公事”的州团练副使，政治处境和实际地位都没有任何实质上的改善。因此，接到这个量移之令的苏轼并没有一丝欣喜。当他即将离开黄州赴汝州时，他的心情是矛盾而又复杂的，既有人生失意、宦海浮沉的哀愁和依依难舍的别情，又有久惯世路、洞悉人生的旷达之怀。当他心绪平和下来后，用亲切的笔调，向黄州父老娓娓动听地倾诉离别之情，写下了这首“哀而不伤”的《满庭芳》。

水调歌头

黄州快哉亭赠张偓佺

◆苏　轼

落日绣帘卷，亭下水连空。知君为我新作，窗户湿青红。长记平山堂上，欹枕江南烟雨，杳杳没孤鸿。认得醉翁语："山色有无中。"　一千顷，都镜净，倒碧峰。忽然浪起，掀舞一叶白头翁。堪笑兰台公子，未解庄生天籁，刚道有雌雄。一点浩然气，千里快哉风。

赏析

本词是词人豪放词的代表作之一。全词通过描绘快哉亭周围壮阔的山光水色，抒发了词人旷达豪迈的处世精神。上片用虚实结合的笔法，描写快哉亭下及其远处景色；词的下片，用高超的艺术手法展现亭前江面广阔动心骇目的壮观场面，并由此生发其江湖豪兴和人生追求。全词熔写景、抒情、议论于一炉，既描写了浩阔雄壮、水天一色的自然风光，又在其中贯注了一种坦荡旷达的浩然之气，展现出词人身处逆境却泰然处之、大气凛然的精神风貌，充分体现了雄奇奔放的特色。

故事

苏轼、苏辙兄弟当年出川进京，叹赏太史公等浩然之气，充满何等高昂的“入世”豪情；然而宦海遇挫后不免向往“遗世独立，羽化而登仙”，这“出世”之心又显得多么无奈。苏轼贬官黄州，是他在人生道路上第一次遇到的沉重政治打击，理想遭遇严重挫折，内心是非常痛苦的，政治上是非常压抑的。面对这样的政治祸难，苏轼能处之若常，用睿智的思辨，维持心理平衡，不消极颓丧，对功名得失，不过于耿耿于怀。但是他并不是放弃了人生理想的追求，并不是盲目乐观。这首词即是苏轼被贬黄州第四年所作。

“一点浩然气，千里快哉风。”词人以这一豪气干云的惊世骇俗之语昭告世人：一个人只要具备了至大至刚的浩然之气，就能超凡脱俗，刚直不阿，坦然自适，在任何境遇中，都能处之泰然，享受使人感到无穷快意的千里雄风。这种在逆境中仍保持浩然之气的坦荡的人生态度，具有积极的社会意义。

水调歌头

丙辰中秋，欢饮达旦，大醉，作此篇。兼怀子由

◆苏　轼

明月几时有？把酒问青天。不知天上宫阙、今夕是何年？我欲乘风归去，又恐琼楼玉宇，高处不胜寒。起舞弄清影，何似在人间？　转朱阁，低绮户，照无眠。不应有恨，何事长向别时圆？人有悲欢离合，月有阴晴圆缺，此事古难全。但愿人长久，千里共婵娟。

赏析

这首词反映了词人复杂而又矛盾的思想感情。上片写中秋赏月，因月而引发出对天上仙境的奇想；下片写望月怀人，即兼怀子由，同时感念人生的离合无常。全词设景清丽雄阔，如月光下广袤的清寒世界，天上、人间来回驰骋的开阔空间。将此背景与词人超越一己之喜乐哀愁的豁达胸襟、乐观情调相结合，便典型地体现出词人的词作清雄旷达的风格。

故事

这首词是宋神宗熙宁九年中秋苏轼在密州时所作。这一时期，苏轼因为与当权的变法者王安石等人政见不同，自求外放，展转在各地为官。他曾经要求调任到离苏辙较近的地方为官，以求兄弟多多聚会。到密州后，这一愿望仍无法实现。这一年的中秋，皓月当空，银辉遍地，与胞弟苏辙分别之后，转眼已 7 年未得团聚了。此刻，词人面对一轮明月，心潮起伏，于是乘酒兴正酣，挥笔写下了这首名篇。在大自然的景物中，月亮是很有浪漫色彩的，她很容易启发人们的艺术联想。当时苏轼已 41 岁，并且身处远离京都的密州，政治上很不得意，理想不能实现，才能不得施展，因而对现实产生一种强烈的不满，滋长了消极避世的思想感情。但苏轼是一位性格豪放、气质浪漫的诗人，当他抬头遥望中秋明月时，其思想情感犹如长上了翅膀，天上人间自由翱翔。他对现实、对理想仍充满了信心，因而贯穿始终的却是词中所表现出的那种热爱生活与积极向上的乐观精神。“人有悲欢离合，月有阴晴圆缺，此事古难全。”从人到月、从古到今，月有圆时，人也有相聚之时。既然如此，又何必为暂时的离别而忧伤呢？

念奴娇

赤壁怀古

◆苏　轼

大江东去，浪淘尽、千古风流人物。故垒西边，人道是、三国周郎赤壁。乱石穿空，惊涛拍岸，卷起千堆雪。江山如画，一时多少豪杰！　　遥想公瑾当年，小乔初嫁了，雄姿英发。羽扇纶巾，谈笑间、樯橹灰飞烟灭。故国神游，多情应笑我、早生华发，人生如梦，一尊还酹江月。

赏析

在这首词中，词人以恢弘的气魄和艺术力量塑造了三国时吴国大都督周瑜这一个英姿勃发的人物形象，借传颂古代豪杰的英雄业绩，抒发了自己有志报国、壮怀难酬的感慨。上片咏赤壁，立足写景，即景抒怀，引出对古代英雄人物的怀念；下片着重写人，借对青年英雄周瑜的仰慕，抒发自己功业无成的感慨。

故事

苏轼在杭州待了三年，任满后，被调往密州、徐州、湖州等地任知州，深得民心。但却遇到了生平第一祸事。因苏轼一生都对王安石等变法派存有某种误解，当时有人故意把他的诗句歪曲，以讽刺新法为名大做文章，元丰二年（1079 年），苏轼到任湖州还不到三个月，就因为作诗讽刺新法，遭“文字毁谤君相”的罪名，被捕下狱，史称“乌台诗案”。苏轼坐牢 103 天，几次濒临被砍头的境地。幸亏北宋在太祖赵匡胤年间即定下不杀士大夫的国策，他才算躲过一劫。

出狱以后，苏轼被降职为黄州团练副使（相当于现代民间的自卫队副队长）。这个职位相当低微，并无实权，而此时苏轼经此一役已变得心灰意懒，于公余便带领家人开垦城东的一块坡地，种田帮补生计。“东坡居士”的别号便是他在这时起的。当眼前的政治现实和自已坎坷处境同他的毕生理想大相抵牾的时候，词人不免思绪深沉，感慨万千。这首怀古词也正是词人被贬到黄州时所写的。

临江仙

夜归临皋

◆苏 轼

夜饮东坡醒复醉，归来仿佛三更。家童鼻息已雷鸣。敲门都不应，倚杖听江声。　长恨此身非我有，何时忘却营营？夜阑风静縠纹平。小舟从此逝，江海寄余生。

赏析

这首词记叙了深秋之夜词人在东坡雪堂开怀畅饮，醉后返归临皋的情景。上片创造了一个极其安恬的静美世界，看起来只是记叙词人夜饮归来的情景，没有一句直接抒情，然而，它却使你感到词人心中会有无限感慨。下片词人开始慨然长叹，而后静夜沉思，豁然有悟，他情不自禁地产生脱离现实社会的浪漫主义的遐想。在这首词中，词人表现出了一种在精神上对自由和宁静的向往与一种磊落豁达的宽阔襟怀，文如其人，个性鲜明。

故事

宋神宗元丰三年（1080年），苏轼因“乌台诗案”，谪贬黄州（今湖北黄冈），住在城南长江边上的临皋亭。后来，他还在这里筑屋名“雪堂”。对于经受了一场严重政治迫害的苏轼来说，此时是劫后余生，内心是愤懑而痛苦的。但他没有被痛苦压倒，而是表现出一种超人的旷达，一种不以世事萦怀的恬淡精神。有时布衣草鞋，出入于阡陌之上，有时月夜泛舟，放浪于山水之间，他要从大自然中寻求美的享受，领略人生的哲理。据叶梦得《避暑录话》记载，东坡在黄州时，与朋友在江上饮酒，喝到很晚归来，门人已沉沉入睡，东坡敲门没有敲开，看着平静的江面，不仅想乘一叶孤舟远离这烦扰的尘世，于是高歌一曲：“夜阑风静縠纹平。小舟从此逝，江海寄余生。”谁想到，第二天，全城传说苏轼把官服挂在江边，夜里乘小船离开了。郡守听说大吃一惊：在他的州里把皇帝贬来的罪人丢了，这可吃罪不起。于是赶到苏轼住所察看，发现苏轼在屋里鼾声大作，还没起床呢。可见上面这首《临江仙》在当时是多么有名。

定风波

三月七日沙湖道中遇雨。雨具先去，同行皆狼狈，余独不觉。已而遂晴，故作此。

◆苏　轼

莫听穿林打叶声，何妨吟啸且徐行。竹杖芒鞋轻胜马，谁怕？一蓑烟雨任平生。　　料峭春风吹酒醒，微冷，山头斜照却相迎。回首向来萧瑟处，归去，也无风雨也无晴。

赏析

这首词不仅是词人的一首闲适词，更是一篇夫子自道之作。它道眼前景，写心中事，以曲笔抒胸臆，言在此而意在彼，以小见大，富含哲理。上片，写遇雨后的情境，将词人一生的坎坷磨难，以及泰我在自若的生活态度，尽行囊括。下片，写雨后天晴的情境，展示出词人处变不惊、不随物悲喜的超脱人生观。全词言简意赅，不事藻绘，却能够于简朴中见深意、寻常处生波澜，语意双关，令人回味无穷。

故事

宋神宗元丰五年（1082 年），是苏轼被贬谪黄州后的第三年。一天早晨，天高气朗，他和几个朋友一起去郊游，正玩到高兴时，却下起了大雨，同行的人都抱怨连连。怪天公不作美，使大家游玩的兴致全无。可是只有苏轼却与众不同，别人都在奔跑找避雨的地方，而他却听着雨打竹叶声，哼着小曲，慢慢地走着。同行的人一定都笑他疯癫，然而，别人笑他，可谁解其中味啊。官场黑暗，苏轼被贬后不知道还有没有晋升的机会，要想不在乎风风雨雨，也不盼望什么天晴了，就只有“归去”了。“回首向来萧瑟处，归去，也无风雨也无晴。”回想一路走来时的寒风骤雨，虽然历经了无数的风波打击，不去管它，回家过平静安定的生活。这种气概足以展示了苏轼旷达的胸怀、开朗的性格以及超脱的人生观。

定风波

◆苏　轼

常羡人间琢玉郎，天教分付点酥娘。自作清歌传皓齿，风起，雪飞炎海变清凉。万里归来年愈少，微笑，笑时犹带岭梅香。试问岭南应不好，却道，此心安处是吾乡。

赏析

这首词不仅刻画了歌女柔奴的姿容和才艺，而且着重歌颂了她的美好情操和高洁人品。柔中带刚，情理交融，空灵清旷，细腻柔婉，是这首词的风格所。上片总写柔奴的外美，描绘柔奴的天生丽质、晶莹俊秀，使读者对她的外貌有了一个比较完整、真切而又富于质感的印象。下片通过写柔奴的北归，刻画其内美。岭南艰苦的生活她甘之如饴，心情舒畅，归来后容光焕发，更显年轻。虽然多少带有夸张的成分，但却洋溢着词人赞美历险若夷的女性的热情。

故事

苏轼因“乌台诗案”左迁黄州，他的好友王巩，因受牵连，被贬谪到荒僻之地岭南。王巩受贬时，其歌妓柔奴毅然随行到岭南。元丰六年（1083 年）王巩北归，让柔奴为苏轼劝酒。苏轼问及岭南风土，柔奴答以“此心安处，便是吾乡”。苏轼听后，大受感动，作此词以赞之。“此心安处是吾乡。”这是词人最后把柔奴回答他的那句话化入了词中。意思是为什么历尽艰辛还能如此从容？因为心安之处就是家乡了。词中以明洁流畅的语言，简练而又传神地刻画了柔奴外表与内心相统一的美好品性，通过歌颂柔奴身处逆境而安之若素的可贵品格，抒发了作者政治逆境中随遇而安、无往不快的旷达襟怀。

卜算子

◆苏　轼

缺月挂疏桐，漏断人初静。谁见幽人独往来，缥缈孤鸿影。　惊起却回头，有恨无人省。拣尽寒枝不肯栖，寂寞沙洲冷。

赏析

词人为人正直有操守，为官坚持自己的政治立场，故新旧两党虽均将之排斥为异己，他在被贬黄州后作此词借月夜孤鸿这一形象托物寓怀，表达了他不愿意放弃自己的立场，清高自许、蔑视流俗的心境。上片首先营造了一个幽独孤凄的环境，残缺之月、疏落孤桐、滴漏断尽，一系列寒冷凄清的意象，构成了一副萧疏、凄冷的寒秋夜景，为“幽人”、“孤鸿”的出场作铺垫。寥寥数笔，人物内心的孤独寂寞已隐约可见。下片承前而专写孤鸿，描写了被惊起后的孤鸿不断“回头”和“拣尽寒枝”、“不肯栖”身的一系列动作。孤鸿的活动正是词人内心世界的真实写照。

故事

这首词为神宗元丰六年（1083年）苏轼被贬黄州时所作。据《宋六十名家词·东坡词》记载，此词讲的是一个美丽而凄凉的故事：苏轼当时寓居定惠院（位于今湖北黄岗县东南），每到他深夜吟诗时，总有一位美丽的少女在窗外徘徊。当他推窗寻找时，少女却已经翻墙而去。此情此景岂非正是本词上片所写："缺月挂疏桐，漏断人初静。时见幽人独往来？缥缈孤鸿影。"由此说来，句中的幽人该是指那位神秘美丽的少女。当时苏轼六十几岁，这个少女好像是为苏轼而存在，在苏轼离开惠州后，少女就死去了，遗体埋葬在沙洲之畔。当苏轼回到惠州，只见黄土一堆，个中幽愤之情可想而知。于是，就赋了这篇著名的《卜算子》。由此可见，此首词的下片是为了纪念那少女而写："惊起却回头，有恨无人省。拣尽寒枝不肯栖，寂寞沙洲冷。"短短的数十个字，就婉娩道出了一个感人肺腑，催人泪下的爱情故事，同时道出词人面对逆境的自我选择，从自怜自叹中升华为另一种人格境界。真是精彩绝伦，令人拍案叫绝。

江城子

密州出猎

◆苏　轼

老夫聊发少年狂。左牵黄，右擎苍，饰帽貂裘，千骑卷平冈。为报倾城随太守，亲射虎，看孙郎。　酒酣胸胆尚开张。鬓微霜，又何妨！持节云中，何日遣冯唐？会挽雕弓如满月，西北望，射天狼。

赏析

这首词上片写打猎的场面有声有色。下片从打猎引申到“天狼”，表现出词人抗击敌人的壮志和决心。全词的气概都很豪迈，把词中历来香艳的吴侬软语，变成可报国立功的黄钟之音，拓展了词的表现范围，提高了词的意境。

故事

从熙宁三年到七年，辽和西夏数次南侵，北宋政府割地赔银，丧权辱国，令许多尚气节之士义愤难平。苏轼在熙宁四年（1071 年）因对王安石变法持不同政见而自请外任。朝廷派他去当杭州通判，三年任满转任密州太守。熙宁七年（1074 年）冬，苏轼与同僚出城打猎时，人们倾城而出来观看太守狩猎的盛大场面。苏轼情绪高昂，精神抖擞，收获颇丰，高兴之余，写下这首词，令东州壮士在笛子和鼓的伴奏下拍手合唱，场面颇为壮观。词人因这次打猎，小试身手进而便想带兵征讨西夏，报效祖国。“会挽雕弓如满月，西北望，射天狼。”词人在说自己也能拉开雕弓圆如满月，随时警惕地注视着西北方，勇敢地将利箭射向入侵之敌。“天狼”，星名，又称犬星，这里隐指西夏。

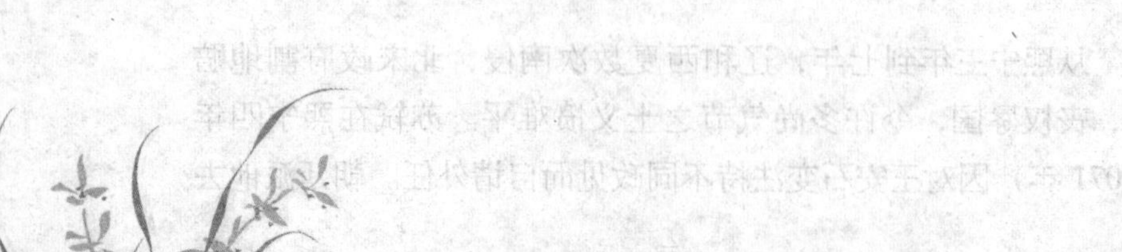

江城子

乙卯正月二十日夜记梦

◆苏 轼

十年生死两茫茫，不思量，自难忘。千里孤坟，无处话凄凉。纵使相逢应不识，尘满面，鬓如霜。　夜来幽梦忽还乡，小轩窗，正梳妆。相顾无言，惟有泪千行。料得年年肠断处：明月夜，短松冈。

赏析

这是一篇悼亡词。悼亡仅指丈夫对死去的妻子的悼念，这个含义的规定与西晋的潘岳有关，潘岳在妻子死后写了几首悼念妻子的诗，在这之前还没有哪位诗人在诗里写过悼念妻子的内容。潘岳之后，写的就多了起来，唐代的元稹的悼亡诗三首最为有名，到了北宋，苏轼写的对妻子的悼亡词与众不同。这首词的上片写自己对亡妻的无限怀念和人世沧桑的悲戚；下片以“夜来幽梦忽还乡”句过渡，写梦境相逢的情景。

故事

北宋年间，青神乡贡进士王方执教时，好友苏洵送他儿子苏轼到书院读书。苏轼聪明好学，王方喜爱在心。书院边，有绿水一泓，苏轼读书之余常临流观景，想入非非中不禁大叫："好水岂能无鱼?"于是抚掌三声，立时，岩穴中群鱼翩翩游跃，皆若凌空浮翔。苏轼大喜，便对老师王方建议："美景当有美名。"王方于是遍邀文人学士，在绿潭前投笔竞题，可惜诸多秀才的题名不是过雅，就是落俗，最后苏轼才缓缓展出他的题名："唤鱼池"，令王方和众人叫绝。苏轼正得意之时，王方的女儿王弗也使丫鬟从瑞草桥家中送了题名来，红纸怡上，跃然而出："唤鱼池"三字，更令众人惊叹："不谋而合，韵成双璧。"后来王方请人做媒，将王弗许配苏轼，那时，苏轼 19 岁，王弗 16 岁。王弗侍亲甚孝，对苏轼关怀备至，二人情深意笃，恩爱有加。可惜天命无常，宋英宗治平二年五月（1065 年）王弗死于开封，年方 27 岁。10 年后（熙宁八年），苏轼在密州（今山东诸城）任知州，梦见王弗，写下此词。

蝶恋花

◆苏　轼

花褪残红青杏小。燕子飞时，绿水人家绕。枝上柳绵吹又少，天涯何处无芳草！　墙里秋千墙外道。墙外行人，墙里佳人笑。笑渐不闻声渐悄，多情却被无情恼。

赏析

这是一首感叹春光流逝、佳人难见的小词，词人的失意情怀和旷达的人生态度于此亦隐隐透出。上片写春光将尽，伤春中隐含思乡情怀。下片抒写闻声而不见佳人的懊恼和惆怅。全词构思新巧，奇情四溢。写景、记事、说理自然，寓庄于谐，语言回环流走，风格清新婉丽。此词在旨趣上与贺铸《青玉案》（凌波不过横塘路）相近，均是用“香草美人”的手法抒发自己在政治上的失意心情。然而在悲苦失意中又含蕴着乐观旷达，这种精神是贺词中所没有的。苏轼人格和作品的魅力也正在于此。

故事

词人屡遭迁谪，虽然有“此心安处是吾乡”的平常心，但理想和现实却总是随时产生矛盾。这种矛盾虽然词人能坦然处之，但身边的人却不能忍受。常常为作者的境遇感伤，鸣不平。

据《林下词坛》记载说，苏轼在惠州，与侍妾朝云闲坐。当时刚到秋天，百草凋零，落木萧萧，很有一些凄凉之意。苏轼让朝云拿着酒杯，唱“花褪残红”。朝云歌喉将啭，泪落满襟。苏轼忙问其故，答曰：“奴所不能歌，是‘枝上柳绵吹又少，天涯何处无芳草’也。”苏轼大笑曰：“是我正悲秋，而汝又伤春矣。”于是，就不让朝云再唱了。朝云不久患病而死，苏轼十分悲伤，终身都不再听这首词。

永遇乐

彭城夜宿燕子楼，梦盼盼，因作此词

◆苏 轼

明月如霜，好风如水，清景无限。曲港跳鱼，圆荷泻露，寂寞无人见。如三鼓，铿然一叶，黯黯梦云惊断。夜茫茫、重寻无处，觉来小园行遍。 天涯倦客，山中归路，望断故园心眼。燕子楼空，佳人何在，空锁楼中燕。古今如梦，何曾梦觉，但有旧欢新怨。异时对、黄楼夜景，为余浩叹。

赏析

此词追怀名妓而不写红粉艳情，格调高旷。怀古而不胶着于古，借古伤今，探究人生哲理，超尘绝俗，空灵超宕。词的上片以景生发，融情入景，铺写燕子楼小园之夜。月色明亮，皎洁如霜；秋风和畅，清凉如水。词人提笔就把人引入了一个无限清幽的境地；下片直抒感慨，议论纷陈，触处生辉。词人登高望远，油然而起身世之感。“倦”字道出了他内心的无限怅惘和烦恼。此词在《东坡乐府》中极有艺术特色，将景、情、理熔于一炉，景中有情，情景交融；情中有理，以理化情。

故事

相传神宗元年（1078年）苏轼知徐州。当时的徐州，有一名官妓叫马盼盼，她喜欢苏轼的书法，仿得也不错。有一次，苏轼书写《黄楼赋》，打算刻在碑上立于“黄楼”内，写到一半，因事离开一会儿。马盼盼一时兴起，拿起笔续写“山川开合”，刚写完这四个字，苏轼就回来了，看到马盼盼这四个字后，只是稍加润饰。流传下来的《黄楼赋》碑文中的“山川开合”，实是马盼盼的笔迹。苏轼对沦落风尘的女子一向怜惜，何况马盼盼这样慧巧俏皮的妙人？所以，马盼盼跟随苏轼左右，扮演着侍从兼红粉知己的暧昧角色。苏轼离开徐州后，马盼盼不久就去世了。这首词就是苏轼为怀念马盼盼所作。“燕子楼空，佳人何在，空锁楼中燕。”此三句，历来受到论者赞赏，或谓其简洁得当，或谓其善于融化。而其妙处，更在于它以燕子楼的佳人已无处寻觅作为一个契机，生发出“人生如梦”的感慨。其中种种悲欢离合，也不过是不断重复的“旧欢新怨”而已。

浣溪沙

游蕲水清泉寺，寺临兰溪，溪水西流。

◆苏　轼

山下兰芽短浸溪，松间沙路净无泥，萧萧暮雨子规啼。　谁道人生无再少？门前流水尚能西，休将白发唱黄鸡。

赏析

这是一首触景生慨、蕴含人生哲理的小词，体现了词人热爱生活、乐观旷达的人生态度。上片以淡疏的笔墨写景，景色自然明丽，雅淡凄美；下片既以形象的语言抒情，又即景抒慨中融入哲理，启人心智，令人振奋。词人以顺处逆的豪迈情怀，政治上失意后积极、乐观的人生态度，催人奋进，激动人心。全词的特点是即景抒慨，写景纯用白描，细致淡雅；抒慨昂扬振拔，富有哲理。

故事

这首词是苏轼因“乌台诗案”，贬谪黄州时所做。“乌台诗案”是怎么一回事呢？所谓“乌台”，指的是御史台。因为汉代的御史台外种了很多柏树，柏树上聚集了很多乌鸦；再加上御史常常不说人好话，给人招来祸患，如乌鸦一般，所以后人就以“乌台”代指御史台。苏轼之所以招来牢狱之灾，一方面是因为他对新法执行过程中一些过火的举动不满；另一方面，是因为他文名太盛，御史们要“杀一儆百”。元丰二年（1079 年）三月，苏轼调任湖州。在《湖州谢上表》这一例行公事的奏牍中，他非常含蓄机智的写了讽刺新进者的话，这些话深深刺痛了“新进”们。他们拼命从苏轼的诗文中寻找把柄，诬陷苏轼有“不臣之心”，因为苏轼写过一首咏桧树的诗，其中有“根到九泉无曲处，世间唯有蛰龙知”，御史们就对皇帝说：“陛下飞龙在天，轼以为不知己，而求之地下之蛰龙，非不臣而何?”幸亏宋神宗不糊涂，没有同意这种观点。苏轼得到了许多人的同情，已退居相位的王安石也出面为苏轼说话，曹太后也不同意重判苏轼。再加上宋太祖立有祖训，不杀言官及士大夫，所以苏轼被贬至黄州。在黄州这段时间，苏轼做词 50 首，此词为其一。可以这么说，苏轼成就了黄州，黄州也成就了苏轼。

浣溪沙

◆苏　轼

簌簌衣巾落枣花，村南村北响缫车，牛衣古柳卖黄瓜。　酒困路长惟欲睡，日高人渴漫思茶，敲门试问野人家。

赏析

这首词写的是词人在“谢雨”途中的感受。上片写景，但需要指出的是，这首词中所写的景，并不是一般情况下通过视觉形象构成的统一的画面，而是通过传入耳鼓的各种不同的音响在词人意识的屏幕上折射出的一组联续不断的影象。下片抒情，写词人的感受和意识活动。这首词注重词句的锤炼而又不露痕迹。例如“簌簌”，有的评论家认为这两字放在句首是“句法倒装”，其实，词人的目的在于强调“枣花”落在“衣巾”上的声响，并合乎平仄的要求，而不是在写下落的形态。正因这两字放在句首，才说明词人是从“簌簌”声中得知枣花落在身上的。此外，“落”、“响”、“漫”、“敲”等字也均用得灵便而贴切。

故事

宋神宗元丰元年（1078 年），徐州发生严重旱情，苏轼作为徐州知州，同百姓一起来到城东石潭求雨，期望解决徐州“久旱千里赤”的局面。苏轼并不迷信，只不过是尊重风俗民情，尽知州“守土之责”罢了。说来也巧，不久之后徐州真的下了一场喜雨。当苏轼亲眼看到旱情解除、丰收在望、农民喜气洋洋时，心里高兴，得雨后，他又与百姓一同去石潭，谢谢雨神赐雨。正是在谢雨的路上，苏轼凭途中观感写下了一组著名的《浣溪沙》，这首词就是这组词中的一首。

卜算子

◆ 李之仪

我住长江头，君住长江尾。日日思君不见君，共饮长江水。　此水几时休，此恨何时已。只愿君心似我心，定不负相思意。

赏析

这首小令言短情长。全词围绕着长江水，表达男女相爱的思念和分离的怨愁，上片写相离之远与相思之切。开头写两人各在一方相隔千里，喻相逢之难，见相思之深。下片写女主人公对爱情的执着追求与热切的期望。全词处处是情，层层递进而又回环往复，短短数句却感情起伏。语言明白如话，感情热烈而直露，明显地吸收了民歌的优良传统。但质朴清新中又曲折委婉，含蓄而深沉。显示出高超的艺术技巧。

作者简介

李之仪（1038—1117）字端叔，自号姑溪居士、姑溪老农。沧州无棣（今行政区划分为河北省盐山县庆云镇、山东省德州市庆云县与山东省滨州市无棣县三部分）人。无棣李氏，向为书香名门，宋哲宗时的户部侍郎、御史中丞李之纯即为李之仪从兄。

故事

李之仪得罪权臣蔡京，被贬当涂，心情非常惆怅，经常徘徊在姑溪河边。一天，偶遇一个倾城美女，歌妓杨姝。杨姝曾在花园洞地为黄庭坚等一干文人奏过《履霜歌》。黄庭坚是苏门四学士之一，李之仪对其神往已久，只是一直无缘相见。就在这湖畔，李之仪与杨姝一见钟情，两人便经常在夕阳晚照时，徜徉在姑溪河畔小径间，吟诗赋歌，相斟共饮。有了情感的抚慰，李之仪那颗惆怅的心又渐渐地复苏。冬去春来，他在闲暇之时作了大量的诗词。在其文字里也渐渐地少了那些愁苦之声，他沉浸在两人的温馨世界中，对世事不再那么关心，这对他来讲也是一种解脱。在此期间他写了这首千古被人传诵的名作《卜算子》。

清平乐

◆ 黄庭坚

春归何处？寂寞无行路。若有人知春去处，唤取归来同住。　春无踪迹谁知？除非问取黄鹂。百啭无人能解，因风飞过蔷薇。

赏析

这首词写的是惜春之情，用笔委婉曲折，惜春之情层层加深。直至最后，仍不一语道破，结语轻柔，余音袅袅，言虽尽而意未尽。词人以拟人的手法，构思巧妙，设想新奇，创造出优美的意境。全词俏丽、新警、宛转、含蓄，表现了山谷词的风格。全词的构思十分精妙，上片欲唤春归来同住的奇想，有童稚的天真，唯其“稚”，故艺术地强化了诗意的穿透力。下片写向黄鹂询问，而黄鹂无语，且因风而逝。又一童话的联想，传达出一个永无答案之谜。暗示伤春的永无慰藉，表现出伤春是人类终极烦恼这么一个主题。

作者简介

黄庭坚：（1045—1105），字鲁直，自号山谷道人，晚号涪翁，又称黄豫章，洪州分宁（今江西修水）人。北宋诗人、词人、书法家，为盛极一时的江西诗派开山之祖。早年受知于苏轼，与张耒、晁补之、秦观并称“苏门四学士”。英宗治平四年（1067）进士。历官叶县尉、北京国子监教授、校书郎、著作佐郎、秘书丞、涪州别驾、黔州安置等。哲宗立，召为校书郎、《神宗实录》检讨官。后擢起居舍人。绍圣初，新党谓其修史“多诬”，贬涪州别驾，安置黔州等地。徽宗初，羁管宜州卒。

故事

黄庭坚生于书香门第之家，父亲黄庶和舅舅李常都是诗人，黄庭坚从小就聪明异常，五岁的时候，他就能对五经倒背如流，并且问老师，人家都说是六经，你怎么只教我五经？老师说：“《春秋》不用读。”小黄庭坚说：“既然叫经，必然有过人之处，怎么能不读呢？”于是，他找来《春秋》，仔细读了十天，就能背诵下来，并且没有一个字丢失。因黄庭坚家乡是洪州双井村，所以，大家都叫他“双井神童”。

虞美人

宜州见梅作

◆ 黄庭坚

天涯也有江南信，梅破知春近。夜阑风细得香迟，不道晓来开遍向南枝。　　玉台弄粉花应妒，飘到眉心住。平生个里愿怀深，去国十年老尽少年心。

赏析

此词以咏梅为中心，把天涯与江南、垂老与少年、去国十年与平生作了一个对比性总结，既表现出天涯见梅的喜悦，朝花夕拾的欣慰，又抒写不胜今昔之慨，表现出词人心中郁结的不平与愤懑。这首词写得极为深挚，是词人孤清抑郁的人格风貌的写照。全词由景入手，婉曲细腻；以情收结，颇具韵味。“天涯也有江南信，梅破知春近。”在宜州看到梅花开放，知道春天即将来临。宜州离京国数千里，说是“天涯”不算夸张，在这里能看到江南的梅花，词人很诧异。“梅破知春”，这不仅是以江南梅花多在冬末春初开放，意谓春天来临；而且是侧重于地域的联想，意味着“天涯”也无法隔断“江南”与我的联系。“也有”，是始料未及、喜出望外的口吻。

故事

宋徽宗亲政后，起用蔡京为相，新党重新握政权，蔡京等人对旧党人物迫害比以前更加残酷。崇宁二年（1103 年）四月，下诏销毁三苏（苏洵、苏轼、苏辙）、秦观和黄庭坚的文集。九月，又下诏在各地立“元祐奸党碑”，几乎把旧党人物一网打尽。这时，赵挺之已被蔡京荐为副宰相。黄庭坚曾与赵挺之有过政见上的冲突，因而赵假公营私报宿怨，暗中指使荆州转动判官陈举从黄庭坚所写《承天院塔记》中摘取“天下财力屈渴”等语句，诬告庭坚“幸灾谤国”，使黄庭坚被贬宜州（今广西宜山县）。崇宁三年（1104 年）三月，黄庭坚到宜州贬所，初租民房，后迁寺，都被官府刁难。崇宁四年（1105 年）五月，他被迫搬到城头破败戍楼里栖身，人不堪其忧。黄庭坚终日读书赋诗，举酒浩歌，处之泰然。宜州人民敬其旷达高洁，许多人慕名前往求诗求书，向他请教学问，他也尽量满足来访者的要求。崇宁四年，黄庭坚病逝于戍楼，终年 61 岁。这首词就是他被贬宜州期间所作。

满庭芳

◆秦　观

山抹微云，天连衰草，画角声断谯门。暂停征棹，聊共引离尊。多少蓬莱旧事，空回首，烟霭纷纷。斜阳外，寒鸦万点，流水绕孤村。　消魂，当此际，香囊暗解，罗带轻分。谩赢得青楼，薄幸名存。此去何时见也，襟袖上，空惹啼痕。伤情处，高城望断，灯火已黄昏。

赏析

这首词写词人同歌妓的恋情，同时又融入自己的身世之感。开篇三句写别时景物，是所见所闻，一向为人所乐道。词人大处着眼，细处落墨。中间五句，写正待航船将要出发之际，词人热恋的歌女匆匆赶来送别。下片用“销魂”二字暗点别情，申明一篇题旨。这首词，激情澎湃，而气度却沉着安详，从容不迫；遣词造句，意新语工，但又寓工丽于自然，婉转而又含蓄。

作者简介

秦观：(1049—1100)，字少游、太虚，号淮海居士，扬州高邮（今属江苏）人。北宋文学家、词人。曾任秘书省正字，兼国史院编修官等职。因政治上倾向于旧党，被视为元祐党人，绍圣后累遭贬谪。其文辞为苏轼所赏识，是“苏门四学士”之一。工诗词。词多写男女情爱，也颇有感伤身世之作，风格委婉含蓄，清丽雅淡。诗风与词风相近。有《淮海集》、《淮海居士长短句》。

故事

秦观作词婉约，但与柳永作词又不同。后人将秦观词喻作《红楼梦》，而将柳永词喻作《金瓶梅》。虽然《红楼梦》极是高雅，但也从《金瓶梅》中汲得灵气。这首《满庭芳》词声名甚远，秦观因此词被苏轼称为“山抹微云秦学士”。相传，杭州有一个郡官，闲暇的时候，随便唱了这首秦观的词，却将其中一句“画角声断谯门”误唱为“画角声断斜阳”，弹琴的人在旁边马上就说到：“画角声断谯门，不是斜阳。”可见秦观的词真是家喻户晓了。

鹊桥仙

◆秦　观

纤云弄巧，飞星传恨，银汉迢迢暗度。金风玉露一相逢，便胜却人间无数。　　柔情似水，佳期如梦，忍顾鹊桥归路。两情若是久长时，又岂在朝朝暮暮。

赏析

《鹊桥仙》原是为咏牛郎、织女的爱情故事而创作的乐曲。本词的内容也正是咏此神话。上片写佳期相会的盛况，下片则是写依依惜别之情。这首词将抒情、写景、议论融为一体。意境新颖，设想奇巧，独辟蹊径。写得自然流畅而又婉约蕴藉，余味隽永。

故事

秦观最初字太虚，因为当年“苏门三杰”抨击王安石新法扰民之时，苏轼曾和苏辙提及，宁做马少游而不附会王安石的决心。马少游为汉将马援之弟，是个胸无大志的人。秦观得知苏轼的意思后即改字“太虚”为“少游”，以示其追随苏轼的决心。

苏轼后来还有多首诗言及马少游，但仍亲自登门拜访归乡的王安石，带去秦观诗词若干篇，拜托王安石要惜才，而勿因苏家缘故连累秦少游，结果并未如愿。秦观一生磨难，皆因苏轼而致，却无抱怨之言。被贬郴州所作《踏莎行》，下片道："驿寄梅花，鱼传尺素，砌成此恨无重数。郴江幸自绕郴山，为谁流下潇湘去？"苏轼得之，大为感动。

千秋岁

◆秦　观

水边沙外，城郭春寒退。花影乱，莺声碎。飘零疏酒盏，离别宽衣带。人不见，碧云暮合空相对。忆昔西池会，鹓鹭同飞盖。携手处，今谁在？日边清梦断，镜里朱颜改。春去也，飞红万点愁如海。

赏析

本词写词人到郊外春游。春寒退去，花影摇曳，莺声盈耳，大自然充满盎然生意。可是贬官到此的他依怀萦寞，意致颓唐。词人酒也少饮了，腰围也瘦了。尽管盘桓到傍晚，还是碰不到一个可与谈心的朋友，他只得渐渐合拢的暮云默默相对。想起了元祐年间在汴京游金明池的一幕。那时他与馆阁同人乘坐公车，像鹓鹭一样排成长队，好不荣光！可是新党一上台，他们便风流云散，如今还有谁在朝呢？回京的梦想破灭了，青春也逝云。他心中忧愁像满天飞舞落花，像浩森无边的大海。此词以今日之飘零对比昔时之胜游游，层层铺叙，煞尾一语点醒，全体皆振，堪称名句。

故事

秦观先是被贬为杭州通判，后因御史刘拯告他重修《神宗实录》时，篡易增损，诋毁先帝，前往杭州途中又被贬至处州任监酒税。在处州任职之时，秦观学佛以遣愁闷，常与佛寺僧人谈禅，并为僧人抄写佛经。无奈又遭小人构陷，诬告秦观写佛书，又因此获罪“削秩徙郴州”。削秩是将所有的官职封号去除，是对士大夫最严重的惩罚。他的《千秋岁》词就是被贬郴州前所作的，回想当年同游的朋友，如今贬官的贬官，远谪的远谪，无一幸免，多么令人痛心。“携手处，今谁在”这是发自肺腑的悲伤。全词抚今追昔，触景生情，表达了政治上的挫折与爱情上的失意相互交织而产生的复杂心绪。

鹧鸪天

◆贺　铸

重过阊门万事非，同来何事不同归？梧桐半死清霜后，头白鸳鸯失伴飞。　原上草，露初晞，旧栖新垅两依依。空床卧听南窗雨，谁复挑灯夜补衣！

赏析

全词以心理感受和自我探问起首，中间暗中以时间作为发展线索，并且穿插了许多意象。结句更是提炼出“挑灯夜补衣”这一细节，体现了作者心绪之细，感情之真。这最后一句敲响了全词的最强音符，将全词的意境推向了高潮。读之无不令人殇然泪下。这首悼念亡妻的词作，堪与苏东坡的《江城子》相媲美，被称为“悼词双璧”。

作者简介

贺铸：（1052—1125），字方回，自号庆湖遗老。长身耸目，面色铁青，人称贺鬼头。山阴（今浙江绍兴）人，居卫州（今河南汲县）。孝惠皇后族孙，授右班殿直。元祐中曾任泗州、太平州通判。晚年退居苏州，杜门校书。不附权贵，喜论天下事。其词内容、风格较为丰富多样，善于锤炼字句。部分描绘春花秋月之作，意境高旷，语言浓丽哀婉，近秦观、晏几道。其爱国忧时之作，悲壮激昂，又近苏轼。南宋爱国词人辛弃疾等均有续作，足见其影响。著有《东山寓声乐府》（一名《东山词》）、《庆湖遗老集》。

故事

贺铸一生没做过什么大官，经济上很不宽裕，而他的夫人虽是千金小姐，但嫁给词人后却能不畏劳苦，勤俭持家，对自己丈夫十分体贴，因此夫妻感情十分好。宋徽宗大观三年秋天，年过50的贺铸以“承议郎”退休，回到苏州。当他路过苏州阊门时，看到车水马龙的热闹场面，听到青年情侣们的欢笑声，想到自己年轻时，也曾与妻子赵氏携手共游阊门，而今满头青丝渐成雪，而相濡以沫的妻子却已亡故，一种“头白鸳鸯失伴飞”的凄凉感油然而生。在萧瑟的秋风中，贺铸悄立阊门许久，独自黯然神伤。一番唏嘘泪下之后，他写了这首哀婉感人的《鹧鸪天》。

踏莎行

◈贺　铸

杨柳回塘，鸳鸯别浦，绿萍涨断莲舟路。断无蜂蝶慕幽香，红衣脱尽芳心苦。　返照迎潮，行云带雨，依依似与骚人语。当年不肯嫁春风，无端却被秋风误。

赏析

这首词是吟咏荷花的，借物言情，寄寓了词人的身世之感。词的上片描绘了一个风光旖旎、祥和而恬静的池塘。那艳丽的荷花就生长在这池塘的僻静处，因无人欣赏，只能在寂寞中凋零。就像一位美丽的少女，孤独寂寞，饱受凄凉零落之苦。词人通过少女低沉、哀怨的嗟叹，表达了自己年华虚度的苦闷。下片仍借美人的身份，抒情言志：即使要饱经凄风冷雨，仍然不愿在百花争艳的春天开放，宁愿盛开在烈日炎炎的夏季。淡雅的荷花、恬静的美人、磊落坦荡的君子，形成了完美和谐的统一。

故事

贺铸出身军人世家，祖上七世都是武将。在贺铸的年代，宋朝重文轻武，贺铸虽然7岁能写诗，但最终他还是选择了做一名武将，他40岁之前的大好年华都是在军中度过的。但他的词广为传唱，元祐后期，被保举改为文职。据说当时，江淮地区有画家米芾以“魁岸奇谲”知名，而贺铸也以“气侠雄爽”适其先后，每次两人相遇，必然“瞋目抵掌，论辩锋起”，常常较量一天，谁也没服过谁，传为当时美谈。虽说决定放浪形骸，不再求功名，但回忆起年轻豪侠的时候，十分怀念。这首词以荷花自喻，抒发怀才不遇的苦闷，隐约有悔恨、遗憾的矛盾味道。

青玉案

◆贺　铸

凌波不过横塘路，但目送、芳尘去。锦瑟华年谁与度？月桥花院，琐窗朱户，只有春知处。　飞云冉冉蘅皋暮，彩笔新题断肠句。试问闲情都几许？一川烟草，满城风絮，梅子黄时雨！

赏析

这首词语言典丽，风格华美。全词字句洗炼，掷地有声，其中暗用了《洛神赋》、《锦瑟》、《江淹传》等不少典故，而又十分自然妥帖，犹如己出。词人还巧妙地用美好的景色来衬托自己的心情。良辰美景而无赏心乐事，更显出愁苦之重。全词因果相承，情景互换，融情入景，设喻新奇，故成绝唱。“一川烟草，满城风絮，梅子黄时雨！”词人的闲愁好像一江的烟草，满城随风飘落的花絮，梅子刚刚黄熟时的霖雨。“烟草”连天，是表示“闲愁”的辽漠无边；“风絮”满城飞舞，是表示“闲愁”的纷繁杂乱；“梅雨”连绵，是表示“闲愁”之长，永无尽期。

故事

词牌大都是有着一番来历，《青玉案》取自于汉人张衡《四愁诗》中“美人赠我锦绣缎，何以报之青玉案”。贺铸有一个特点就是喜欢改创词牌，他将《青玉案》改为《横塘路》。这首词说来好笑，原是贺铸退居苏州时，因看见了一位女郎，便生了倾慕之情，写出了这篇名作。这事本身并不新奇，好像也没有“重大意义”，值不得表彰。无奈它确实写来美妙动人，当世就已膺盛名，历代传为佳句，因此这就不容以“侧艳之词”而轻加蔑视了。此词中的“试问闲愁都几许？一川烟草，满城风絮，梅子黄时雨”与李煜的“问君能有几多愁，恰似一江春水向东流”及秦观的“便做春江都是泪，流不尽，许多愁”合称为三大写愁名句。贺铸更是因为这首词而得名“贺梅子”，看来古人本来就是风趣开明的。

一落索

◆周邦彦

眉共春山争秀，可怜长皱。莫将清泪滴花枝，恐花也、如人瘦。　清润玉箫闲久，知音稀有。欲知日日倚栏愁，但问取、亭前柳。

赏析

这是一首写思妇闺情的小令。古代妇女，特别是一些贵家妇女，既不从事生产劳动，也没有机会参加社会活动，终日闲居闺中，无所事事。人闲着，思维器官却不能闲着，伤春恨别，闺怨闺情，就占据了她的思想领域。唐宋诗词中就有不少作品是写这类题材的，这首词就是其中之一。此词上片着重写思妇的外貌，下片着重写思妇的内心。全词篇幅不长，却推陈出新，自成佳制，别创新意。

作者简介

周邦彦：(1056—1121)，字美成，号清真居士，钱塘（今浙江杭州）人。官历太学正、庐州教授、知溧水县等。少年时期个性比较疏散，但相当喜欢读书，宋神宗时，写《汴都赋》赞扬新法。

故事

李师师是汴京名妓，是文人雅士、公子王孙竞相争夺的对象。宋徽宗在一次私服寻欢时偶遇李师师，神魂颠倒惊为天人，于是后来常常去找她。在所有的客人中，李师师最中意的是大才子周邦彦。有一次宋徽宗生病，周邦彦趁着这个空儿前来看望李师师。二人正在叙阔之际，忽报圣驾前来，周邦彦没有地方躲藏，只好藏在床下。宋徽宗送给李师师一个新鲜的橙子，聊了一会儿就要回宫，他正因为身体没全好，才不敢留宿，急急走了。周邦彦酸溜溜地添了一首《少年游》词："并刀如水，吴盐胜雪，纤指破新橙。锦帏初温，兽香不断，相对坐调筝。低声问：向谁行宿？城上已三更，马滑霜浓，不如休去，直是少人行。"岂知宋徽宗痊愈后来李师师这里宴饮，李师师一时忘情把这首词唱了出来。宋徽宗问是谁做的，李师师随口说出是周邦彦，话一出口就后悔莫及。宋徽宗立刻明白那天周邦彦也一定在屋内。脸色骤变，过了几天便找借口把周邦彦贬出汴京。

苏幕遮

◆周邦彦

燎沉香，消溽暑。鸟雀呼晴，侵晓窥檐语。叶上初阳乾宿雨，水面清圆，一一风荷举。　故乡遥，何日去？家住吴门，久作长安旅。五月渔郎相忆否？小楫轻舟，梦入芙蓉浦。

赏析

此词写异地乡思。上片为眼前所见之景。夏雨初晴，风荷飘举，清新宜人；下片由景及情，遥想故乡五月，风光迷人，小楫轻舟，消失于芙蓉浦中。末句“芙蓉”，与上片“风荷”呼应，点明由此及彼、神思奔驰由来，具见词作之妙。

“叶上初阳乾宿雨，水面清圆，一一风荷举。”日出之后，荷叶上的昨夜雨后水珠渐渐蒸干，清平的水面上挺立着一枝枝荷花在风中摇摆。词人仔细地观察荷叶上水珠被蒸发的过程，形象细微之致，手法超凡。

故事

周邦彦在做太学生时，写过一篇《汴京赋》，大力赞美当时北宋京都汴京的繁华与富庶。那个时候朝廷正值王安石变法，周邦彦在赋中顺带歌颂了新法，这一举给他以后的仕途埋下了祸根。正当周邦彦认为前途一片光明时，神宗皇帝死了。太皇太后执掌政权，她极其反对新法，于是将新党人物逐一罢黜。周邦彦正因为当年写过一篇《汴京赋》，被人告发，于是贬出京。周邦彦一生辗转各地，因为郁不得志，羁旅行役的词作也是笼罩着清幽孤冷的气氛。独自在外，他强烈地思念着江南的故乡，写下了不少追忆的词作，其中以这首《苏幕遮》写得最好。

惜分飞

富阳僧舍作别语赠妓琼芳

◆毛　滂

泪湿阑干花著露，愁到眉峰碧聚。此恨平分取，更无言语空相觑。　　断雨残云无意绪，寂寞朝朝暮暮。今夜山深处，断魂分付潮回去。

赏析

《惜分飞》是词牌名，多表现恋人之间的离情别绪，在毛滂之前，很少有人填，因而可能是毛滂创制的自度曲。词的上片，追忆与歌妓琼芳依依惜别的情景，在词人脑海里映着心上人的衷容愁貌。词的下片写词人独身羁旅的凄凉心境与缭绕心的思念之情。结句则用钱塘江的潮水形象而巧妙地表现相思之深切。

作者简介

毛滂：（1060—约 1124），字泽民，衢州江山石门（今属浙江）人。哲宗元祐年间为杭州法曹，苏轼曾加荐举，晚年与蔡京亦有交往。官至祠部员外郎、知秀州，一生仕途失意。其词受苏轼、柳永影响，清圆明润，别树一格，无秾艳词语，自然深挚、秀雅飘逸。其词对陈与义、朱敦儒乃至姜白石、张炎等人的创作都有影响。

故事

哲宗元祐中，苏轼知守钱塘时，毛滂与歌妓琼芳相爱。三年秩满辞官，于富阳途中的僧舍作《惜分飞》词，赠琼芳。一日，苏轼于席间，听歌妓唱此词，大为赞赏，当得知乃幕僚毛滂所作时，与其留连数日。毛滂因此而得名，此为人津津乐道的故事，并非是事实。苏轼知杭州时，是元祐四年（1089）至元祐六年，而毛滂于元祐三年已出任饶州司法参军，直至元祐七年还在饶州任上。此时不可能为苏轼的杭州僚佐。另根据史料，毛滂早在苏轼知杭州前就受知于苏轼弟兄。苏轼于元祐三年曾为毛滂写过“荐状”，称其“文词雅健，有超世之韵”。但此故事正说明此词传诵人口之广。

燕山亭

北行见杏花

◆赵　佶

裁剪冰绡，轻叠数重，淡著胭脂匀注。新样靓妆，艳溢香融，羞杀蕊珠宫女。易得凋零，更多少无情风雨。愁苦。问院落凄凉，几番春暮。　凭寄离恨重重，这双燕，何曾会人言语。天遥地远，万水千山，知他故宫何处。怎不思量，除梦里有时曾去。无据。和梦也新来不做。

赏析

这首词为北宋徽宗皇帝于1127年覆国被虏往北方，途中但见春和景明，杏花带雨，不禁百感交集，写下这首如泣如诉的《燕山亭》。词中托物咏怀，抒写故国沦亡之悲慨，幽咽哀婉，伤感凄清。

作者简介

赵佶（1082—1135），宋徽宗，神宗11子，哲宗弟。哲宗病死，太后立他为帝。在位25年，国亡被俘受折磨而死，终年54岁，葬于永佑陵（今浙江省绍兴县东南35里处）。

故事

赵佶人称“书画皇帝”，他创造的“瘦金体”独步天下，清明上河图就是在他的支持下完成的。他吹弹歌舞，琴棋书画，无所不通，是个天生的艺术家。虽说他绝顶聪明，什么都会，就是不会做皇帝，他宠信奸臣，荒淫无度，致使民不聊生，是中国历史上著名的昏君。公元1126年，金兵南下。攻破汴京，金帝废赵佶与子赵桓为庶人。公元1127年，金帝将徽、钦二帝，连同后妃、宗室，百官数千人，以及教坊乐工、技艺工匠、法驾、仪仗、冠服、礼器、天文仪器、珍宝玩物、皇家藏书、天下州府地图等押送北方，汴京中公私积蓄被掳掠一空，北宋就此灭亡。因此事发生在靖康年间，史称“靖康之变”。这首词就是在他被押送到北方的途中所做。

点绛唇

◆ 李清照

蹴罢秋千，起来慵整纤纤手。露浓花瘦，薄汗轻衣透。　　见客入来，袜刬金钗溜，和羞走。倚门回首，却把青梅嗅。

赏析

本词描写的是一个天真烂漫而又情窦初开的贵族少女形象，表现了词人对爱情的强烈追求和对自由的渴望。词的上片描绘了一个身躯娇小、额间鬓角还挂着汗珠、轻衣透出香汗刚下秋千的如花少女天真活泼、累态可掬的娇美形象。下片词人转过笔锋，使静谧的词境风吹浪起，写少女忽然发现有人来了，她自然而然地、匆匆忙忙地连鞋子也顾不上穿，光着袜子，害羞地朝屋里跑去，头上的金钗也滑落了。

作者简介

李清照：（1084—1151），生于书香门第，父亲李格非精通经史，长于散文，母亲王氏也知书能文。在家庭的熏陶下，

她小小年纪便文采出众。李清照对诗、词、散文、书法、绘画、音乐，无不通晓，而以词的成就为最高。她的词委婉、清新，感情真挚。

故事

李清照和赵明诚是古代难得的一对门当户对而又才华横溢的才子佳人。青年时的李清照性格活泼开朗，既爱好琴棋书画，也喜欢划船、荡秋千以及“打马”之类的闺房雅戏。她和那些谨守闺训、不苟言笑的侯门千金不一样，颇有几分不拘礼法，并曾因此遭到时人的讥评。但是，李清照才气在闺阁之中，就名动京城。赵明诚是宰相的儿子，他爱好金石之学，也有很高的文化修养。据《琅娘记》记载，赵明诚小时候有一日做梦，在梦中朗诵一首诗，醒来只记得三句话：“言与司合，安上已脱，芝芙草拔。”百思不得其解，就向父亲讨教。他的父亲听了哈哈大笑：“我儿将要娶一位擅长文词的女子为妻。”明诚大惑不解。他父亲说：“‘言与司合’，是‘词’字，‘安上已脱’，是‘女’字，‘芝芙草拔’，是‘之夫’二字。合起来就是‘词女之夫’。”虽说是传说，但也表明李清照在当时的名气之大，赵家父子对这位女词人的倾慕之情。再以两家的身份背景以及两人的才学与容貌，成婚也就成了一种必然。就这样，李清照十八岁时嫁给太学生赵明诚。

渔家傲

◆ 李清照

天接云涛连晓雾，星河欲转千帆舞。彷佛梦魂归帝所。闻天语，殷勤问我归何处？　　我报路长嗟日暮，学诗谩有惊人句。九万里风鹏正举。风休住，蓬舟吹取三山去！

赏析

此词为词人南渡后的词作。写梦中海天溟蒙的景象及与天帝的问答，隐寓对南宋黑暗社会现实的失望，对理想境界的追求和向往。词人以浪漫主义的艺术构思，梦游的方式，设想与天帝问答，倾述隐衷，寄托自己的情思，景象壮阔，气势磅礴。这就是被评家誉为“无一毫粉钗气”的豪放词，是词人婉约派词作的另类作品。此词上下两片之间，一气呵成，前后呼应，结构缜密。上片末二句是写天帝的问话，过片二句是写词人的对答。问答之间，语气衔接，毫不停顿，可称之为“跨片格”。这首词把真实的生活感受融入梦境，格调雄奇，充分显示词人性情中豪放不羁的一面。

故事

这首词为李清照南渡后所作。公元1127年，北方金族攻破了汴京，李清照夫妇流落江南，飘流异地。多年搜集来的金石字画丧失殆尽，给她带来沉痛的打击和极大的痛苦。后来金人铁蹄南下，丈夫赵明诚病死于建康（今南京），更给她增添了难以忍受的悲痛。在李清照孤寂之时，张汝州为骗取李清照钱财，趁虚而入，对李清照百般示好。李清照当时无依无靠，便顶世俗之风嫁给张汝州，婚后，二人发现自已都受到了欺骗，张汝州发现李清照并没有自己预想中的家财万贯，而李清照也发现了张汝州的虚情假意，甚至到后来的拳脚相加。之后，李清照发现张汝州的官职来源于行贿，便状告张汝州，在当时的社会环境下，妻子告发丈夫，即使印证丈夫有罪，妻子也要同受牢狱之苦。李清照入狱后，由于家人收买了狱卒，入狱9天便被释放。这段不到百天的婚姻就此结束。目睹了国破家亡的李清照，历经多年的背井离乡生活，使她那颗心残碎不堪，又因她的改嫁问题遭到士大夫阶层的污诟渲染，让她受到了更严重的伤害。她无依无靠，贫困忧苦，流徙飘泊，最后寂寞地客死在江南。

如梦令

◆ 李清照

常记溪亭日暮，沉醉不知归路。兴尽晚回舟，误入藕花深处。争渡，争渡，惊起一滩鸥鹭。

赏析

此首小令，为作者年轻时词作。写她经久不忘的一次溪亭畅游，表现其卓尔不群的情趣，豪放潇洒的风姿，活泼开朗的性格。用白描的艺术手法，创造一个具有平淡之美的艺术境界，清秀淡雅，静中有动，语言浅淡自然。朴实无华，给人以强烈的美的享受。

故事

李清照生在一个世代书香之家。父亲李格非以文章著名，受到苏轼的赏识，是苏门后四学士之一。李格非著作极多，但是很多都已经丢失。家学之深对李清照的影响无疑是巨大的，且李格非并非一个穷据经理的人，家风比较开放，李清照得以在年幼时就可以接触到大量的古卷典籍，为日后的成名打下了良好的基础。

少年时李清照就存有诗名，她早期的老师是大名鼎鼎的晁补之，与秦观、黄庭坚、张耒合为苏门四学士。十六七岁的时候，李清照作了《浯溪中兴讼诗和张文潜》两首古风，受到当时一干名士的叹赏。后来写了这首《如梦令》:“常记溪亭日暮，沉醉不知归路，兴尽晚回舟，误入藕花深处。争渡，争渡，惊起一滩鸥鹭。”此词一经写成，父亲李格非便觉得出语不凡，后来传至朝中，朝中文人莫不夸清照好才情。

一剪梅

◆ 李清照

红藕香残玉簟秋。轻解罗裳，独上兰舟。云中谁寄锦书来？雁字回时，月满西楼。　花自飘零水自流，一种相思，两处闲愁。此情无计可消除，才下眉头，却上心头。

赏析

这首词在黄升《花庵词选》中题作“别愁”，是赵明诚外出后，李清照抒写她思念丈夫的心情的。李清照和赵明诚结婚后，夫妻感情甚好，家庭生活充满了学术和艺术的气氛，十分美满。所以，两人一经离别，两地相思。特别是李清照对赵明诚更为仰慕钟情，这在她的许多词作中都有所流露。这首词就是词人以灵巧之笔抒写她如胶似漆的思夫之情的，它反映出初婚少妇沉溺在情海之中的纯洁心灵。

故事

赵明诚的父亲赵挺之因受蔡京迫害，投入监牢，没有几天，就去世了，赵家就此失势。赵明诚和李清照无法在京城立足，就移居青州故里。从此，两人过着神眷般的生活。但随着官场变动和时局动荡，这种世外桃源般的生活被打破。朝廷想起远在青州的赵明诚，让他出守莱州，此后，李清照独守青州，写下很多思念赵明诚的词。“此情无计可消除，才下眉头，却上心头”，是历来为人称道的名句，相思之情是没法排遣的，皱着的眉头方才舒展，而思绪又涌上心头。一句话就是时刻在相思着。

怨王孙

◆ 李清照

湖上风来波浩渺，秋已暮、红稀香少。水光山色与人亲，说不尽、无穷好。　　莲子已成荷叶老，清露洗、花汀草。眠沙鸥鹭不回头，似也恨、人归早。

赏析

此词记写秋天郊游的词作，词人以亲切清新的笔触，写出暮秋湖上水光山色的优美人迷人，表现了词人对自然风光的喜爱之情。从情致上看出，词人此时的生活是安静、平和、闲适、欢快的，此词当属其早期的作品。秋天给人们带来的常常是萧瑟冷落的感觉，自宋玉“悲秋”以来，文人笔下的秋景，总呈现出一种悲凉萧瑟之色。然而词人这首《怨王孙》中的秋景，展现的是一幅清新广阔的画图，词人不仅赋予大自然以静态的美，更赋予生命和感情，由此见出词人不同凡俗的情趣与襟怀。

故事

自古写秋之作，往往多流露出一种悲伤情调。宋玉《九辨》

中“悲哉秋之为气也！萧瑟兮草木摇荡而变衰”，可以说是悲秋之作的滥觞。沿此而下，或凭秋色以托怨情，或借秋风以兴别恨，少有不著一“悲”字的，至于欧阳修的《秋声赋》，其苍凉萧索，更是集悲秋之大成。李清照是我国古代有较高文化素养的女词人，她这首《怨王孙》，却是以欣悦之情，饱尝暮秋山水风光的清丽空灵：明朗清澈的秋空下，湖水倒映着远山，一阵清风徐来，湖面上泛起层层涟漪，荷叶与水草轻轻摇荡。沙岸上，几只栖息着的水鸟张开翅膀，飞向远方。这是词人给我们勾勒的一幅清新淡雅、恬然无声的画面。因此这首词无论对于李词还是别家诗词来说，都别具一格，耐人寻味。“水光山色与人亲，说不尽，无穷好”，这句话表现词人心胸多么宽阔、朗爽，不仅不感到悲，反以为喜、以为亲。这里词人不说自己面对湖光山色感到亲切，反说“水光山色”与人亲近。这种移情于物的表现手法，把自己陶醉山水之情更真切地表达了出来。

临江仙

◆ 李清照

庭院深深深几许，云窗雾阁常扃。柳梢梅萼渐分明。春归秣陵树，人老建康城。　　感月吟风多少事，如今老去无成，谁怜憔悴更凋零。试灯无意思，踏雪没心情。

赏析

这首词作于建炎三年，即1129年初，是李清照晚期代表作之一。这首词不单是她个人的悲叹，而且道出了成千上万想望恢复中原的人之心情。词作上片写春归大地，词人闭门幽居，思念亲人，自怜飘零。词作下片，承上片怕触景伤怀，进而追忆往昔，对比目前，感到一切心灰意冷。整首词明白晓畅，又极准确、深刻地表达了词人的心理状态，对比手法的运用，情感抒发的深沉，都给人留下极深的印象。

故事

建炎元年，赵构在南京即帝位，启用李纲为宰相，当时，四方亲王之师都已经聚集南京，士气旺盛，如果能誓师北伐，中原收复，指日可待。但当时自私昏庸的南宋小朝廷，为了自己的私利，罢黜力主抗金的宰相李纲，任用奸臣黄潜善之辈。他们建造宫室，游山玩水，大肆享乐，早把恢复中原抛到脑后，建炎三年，岳飞曾上书，奏请举兵恢复中原。朝廷却指责岳飞越权上书，罢了他的官。面对朝廷南渡偏安的悲剧，词人既伤北宋之忘，又痛当朝无视苍生社稷，任恢复中原大业的时机流失，百感交集，创作了这首词。这首词的“人老建康城”，不单是词人自己的悲叹，也是成千上万想恢复中原的人的悲叹。

醉花阴

◆ 李清照

薄雾浓云愁永昼，瑞脑消金兽。佳节又重阳，玉枕纱厨，半夜凉初透。　　东篱把酒黄昏后，有暗香盈袖。莫道不消魂，帘卷西风，人比黄花瘦。

赏析

这首词的上片是咏节令，下片则倒叙黄昏时独自饮酒的凄若。上下对比，大有物是人非，今昔异趣之感。词人匆匆离开东篱，回到闺房，瑟瑟西风把帘子掀起，顿时人感到一阵寒意，联想到把酒相对的菊花，顿感人生不如菊花之意。

故事

李清照的丈夫赵明诚在外地做官，夫妻分居，李清照一人在家独守空房，适遇阴历九月九重阳佳节，“每逢佳节倍思亲”，李清照思夫心切，写下了这首《醉花阴》，以表相思之情。彻骨的爱恋，痴痴的思念，借秋风黄花表现得淋漓尽致。赵明诚收到这首词后，非常的感动，同时心里起了比试之心，发誓要写一首超过妻子的词。于是他闭门谢客，三日未眠，写出 50 首词。他将李清照的词混杂在这些词的中间请友人评点，不料友人却说只有三句最好："莫道不销魂，帘卷西风，人比黄花瘦。"赵明诚听了十分惭愧，自叹不如。这三句实为词人艺术匠心之所在。先以"销魂"点神伤，再以"西风"点凄景，最后落笔结出一个"瘦"字。在这里，词人巧妙地将思妇与菊花相比，展现出两个叠印的镜头：一边是萧瑟的秋风摇撼着羸弱的瘦菊，一边是思妇布满愁云的憔悴面容，情景交融，创设出了一种凄苦绝伦的境界。

声声慢

◆ 李清照

寻寻觅觅，冷冷清清，凄凄惨惨戚戚。乍暖还寒时候，最难将息。三杯两盏淡酒，怎敌他晓来风急？雁过也，正伤心，却是旧时相识。　　满地黄花堆积，憔悴损，如今有谁堪摘？守着窗儿独自，怎生得黑！梧桐更兼细雨，到黄昏，点点滴滴。这次第，怎一个愁字了得！

赏析

此词以豪放纵恣之笔写激动悲怆之怀，不能列入婉约体。这首作法独特的词，就其内容而言，是一篇悲秋赋。上片主要用清冷之景来衬托孤寂、凄凉的心境；下片由远及近，转入对眼前残秋之景的具体描绘，进一步表现词人的凄苦之情。综观全词，词人以通俗自然的语言、铺叙的手法写景抒情，而抒情又比较含蓄曲折，心中极愁，景景含愁，通篇是愁，然而这一愁情词人却始终不说破，只是极力烘托渲染，层层推进，营造出一种“一重未了一重添”的凄苦氛围，给人留下更多的思索空间。全词写来尽管没有一滴泪，然而给人们的感觉却是“一字一泪，满纸呜咽”。这比直写痛哭和泪水涟涟更为深刻、凄酸，也更能感染人。

故事

在宋代众多词人中，李清照的词可以说是独树一帜。这首《声声慢》是她晚年的名作，历来为人们所称道，尤其是她那哀婉的凄苦情，不知曾感动过多少人。当时，正值金兵入侵，北宋灭亡，志趣相投的丈夫也病死在任上，南渡避难的过程中夫妻半生收藏的金石文物又丢失殆尽。这一连串的打击使她尝尽了国破家亡、颠沛流离的苦痛。就是在这种背景下李清照写下了《声声慢》这首词，通过描写残秋所见、所闻、所感，抒发自己孤寂落寞、悲凉愁苦的心绪。词风深沉凝重、哀婉凄苦，一改前期词作的开朗明快。“寻寻觅觅，冷冷清清，凄凄惨惨戚戚。”这几句委婉细致地表达了词人在遭受深创巨痛后的愁苦之情。

阮郎归

绍兴乙卯大雪行鄱阳道中

◆ 向子諲

江南江北雪漫漫。遥知易水寒。同云深处望三关。断肠山又山。天可老，海能翻。消除此恨难。频闻遣使问平安。几时鸾辂还。

赏析

从历史的角度看，词人此词表露出南渡之初爱国志士悲愤心态，所以有其一定的历史认识意义。从艺术的角度看，则此词抒情曲折深刻，及语言之諲婉工致，造诣颇有独到之处。上片由江南江北之雪联想到易水之寒，又由此一联想而遥望三关，已是层层翻进。下片凌空设喻，以天可老、海能翻反衬此恨难消，情至绝望之境，便若无以复加。然而最后又翻出绝望中之一片痴望，抒发故国故君之思，至此终至其极。只因词人郁结悲愤深沉，倾诉出来才有如此曲折跌宕之致。

作者简介

向子諲：（1085—1152），南宋词人，字伯恭，自号芗林居士。临江（今属江西）人。北宋末曾以恩荫补假承奉郎。出知开封府咸平县，执法刚直，颇有政声。宣和初，任江淮发运司主管文字。又以直秘阁为京畿转运副使，兼发运副使。

故事

向子諲是南宋初年主战派大臣之一。靖康之难之时，他曾请康王赵构率诸将渡河，以救徽、钦二帝。建炎三年（1129 年），向子諲任潭州（在今长沙）知州，值金兵南下，掠武昌，入江西，州县望风归降，抵达长沙境外时，有人建议："其他州县都已失陷，敌锋正锐不可当，还是弃城避敌吧。"向子諲说："怎么能说这种不忠不义的话！若是前面的郡县有一两个能为国家守住，敌情何至于到这种地步？"敌兵传来檄文，要他投降，向子諲严词拒绝，亲自登城参战，激以忠义，将士无不殊死战斗。虽然杀伤相当，但外援始终不至，八日之后到底城破，向子諲还率领士兵在城内进行了两天的巷战，实在无法抵敌，才焚栅夺门而去，驻军在湘西。金兵在潭州抢掠屠城之后离去，向子諲又回军入城安抚劫余的居民，收拾溃兵继续抗金。这首词所写的就是此事。绍兴九年（1139 年），向子諲触怒秦桧，从此归隐乡间 15 年以后就去世。词多写山林逸趣，但也不乏忧国伤时之作，此词即其中之一。

虞美人

大光祖席，醉中赋长短句

◆ 陈与义

张帆欲去仍搔首，更醉君家酒。吟诗日日待春风，及至桃花开后却匆匆。　　歌声频为行人咽，记著樽前雪。明朝酒醒大江流，满载一船离恨向衡州。

赏析

这首词把离别的情绪融贯到对过去的回忆和对前途的想像之中去，别有一番风味。词的上片由别宴写起，进而追忆到过去相聚的时日。词的下片仍写别宴，歌声悲凉，想象别后思念的愁苦，百感交集。

作者简介

陈与义：(1090—1139)，字去非，号简斋，洛阳（今河南洛阳）人，南宋杰出诗人。宋徽宗时进士，宋室南渡后，官至参知政事。靖康之变时，因其目睹了王国的惨祸，使其作品的风格也有了改变，由清新明净变为沉郁悲壮。为后世留下了不少忧国忧民的爱国诗篇。陈与义还很善于写词，著有《简斋集》。

故事

宣和四年，陈与义做得《墨梅五绝》，格调高雅，为时人广为传诵。当朝宰相王黼将它献给宋徽宗，宋徽宗爱不释手，马上提拔了陈与义。但没过多久，蔡京扳倒王黼，陈与义受到牵连，离开京城。宣和七年，金人开始大举进攻宋朝，靖康元年，皇都开封被攻破，金人掠走宋徽宗和宋钦宗，北宋灭亡。这是陈与义人生重大转折，他和难民一样携带家眷，四处躲避，开始了颠簸艰苦的流亡生涯。同年，陈与义在逃亡衡山之时，意外地碰到了昔日故友席益。席益字大光，洛阳人，是陈与义的同乡，两人早在宣和六年就相识相交。在乱世中幸运相遇，两人均百感交集。次年元旦后数日，陈与义离开衡山，前赴邵阳，在别宴上作了这首《虞美人》，以示依依惜别之情。

临江仙

夜登小阁，忆洛中旧游

◆ 陈与义

忆昔午桥桥上饮，坐中多是豪英。长沟流月去无声。杏花疏影里，吹笛到天明。　　二十余年如一梦，此身虽在堪惊。闲登小阁看新晴。古今多少事，渔唱起三更。

赏析

这首词节奏明快，浑成自然，如水到渠成，不见矫揉造作之迹。上片是追忆洛中旧游。一种良辰美景，赏心乐事，宛然出现词人心目中。但是这并非当前实境，而是20多年前浩如烟海的往事再现而已。下片一下子说到当前，两句中包含了二十多年无限国事沧桑、知交零落之感，内容极充实，运笔也极空灵。

故事

这首《临江仙》词是陈与义退居青墩镇僧舍时所作。陈与义是洛阳人，他追忆起二十多年前的洛阳中旧游，那时是徽宗政和年间，当时天下太平无事，可以有游赏之乐。其后金兵南下，北宋灭亡，陈与义流离逃难，备尝艰苦，而南宋朝廷在南迁之后，仅能自立，回忆20多年的往事，真是百感交集。陈与义词作虽少，但却受后世推重，而且认为其特点很像苏东坡。陈与义填词时是否有意模仿苏东坡呢？从他的为人，诗作可以看出，他并不是有意模仿，而是感情的自然抒发。陈与义作诗，近法黄庭坚、陈师道，远宗杜甫，不受苏诗影响。至于填词，乃是他晚岁退居时的遣兴之作，他以前既非专业作词，所以很不留心当时的词坛风气，可见并未受其影响。譬如，自从柳永、周邦彦以来，慢词盛行，而陈与义却未作过一首慢词；词至北宋末年，专门雕饰，有矫揉造作之感，周邦彦是以“富艳精工”见称，贺铸亦复如是，而陈与义的词独是疏快自然，不假雕饰；可见陈与义填词是独往独来，自行其是，自然也不会有意学苏东坡的。只不过他晚岁填词，运以诗法，所以也就会不谋而合，与苏相近了。

好事近

◆胡　铨

富贵本无心，何事故乡轻别？空使猿惊鹤怨，误薜萝秋月。　　囊锥刚要出头来，不道甚时节！欲驾巾车归去，有豺狼当辙！

赏析

本词的主题十分鲜明，它表现了词人不畏权势，决不和以秦桧为代表的投降派同流合污的高尚气节。上片抒写自己忧虑国事，不能安心隐居山林的心情，本来无意富贵，却走上政途，深感懊悔。下片借用毛遂自荐的典故，抒发自己以天下为己任，图谋为国效力的决心。这首词的调子明朗，叙事直率，感情炽热，绝无矫揉造作的痕迹。

作者简介

胡铨：（1102—1180）字邦衡，号澹庵，吉州庐陵（今江西吉安）人。高宗建炎二年（1128）进士，授抚州事军判官。绍兴七年（1137）任枢密院编修官。

故事

绍兴八年（1138年），秦桧再次入相主和，派遣王伦为使者，出使金廷。这事激起了朝野广泛抗议，当时身为枢密院编官的胡铨尤为愤慨，上书高宗要求把王伦、秦桧、孙近三人斩首示众。胡铨的奏书一上，朝野称快。而秦桧之党切齿痛恨，以谤讪宰相、指斥和、狂悖鼓众的罪名革除胡铨官职，流放昭州。后因众人出面为胡铨鸣冤叫屈，秦桧迫于公论，只好对胡铨从轻处置，将他降至边远的广州盐仓。然而，绍兴十二年（1142年），岳飞被害的噩耗若一个晴天霹雳向胡铨狠狠袭来！他万万没有想到，精忠报国的岳飞居然以“莫须有”的罪名被杀害了。主战派受到了重大打击。于是，灾祸紧接而来。他遭到进一步迫害，贬至福州。秦桧又指使爪牙诬陷诽谤，将他除名，再由福州押送至新州。胡铨贬居新州其间，他得知李光因斥责秦桧，与赵鼎一同被贬至海南。但他，执心不改，青志不坠。为什么一片赤胆忠心，却为奸臣嫉妒迫害？想救国，可叹道途上有秦桧之类的豺狼阻道啊！于是，他含愤写出了《好事近》。

小重山

◆岳　飞

昨夜寒蛩不住鸣。惊回千里梦，已三更。起来独自绕阶行。人悄悄，帘外月胧明。　白首为功名。旧山松竹老，阻归程。将欲心事付瑶琴。知音少，弦断有谁听？

赏析

这首词，用艺术手法表达了词人抗金报国的壮志雄怀。词人抗金的伟业，不但受到赵构、秦桧君臣的迫害，而同时其他的将领如张俊、杨沂中、刘光世等，亦各不信任互相拆台，故词人有知音难遇之叹。此词抒写了这种感慨，上片写出忧深思远之情，与阮籍《咏怀》诗第一首“夜中不能寐，起坐弹鸣琴”意境相似；下片表面低沉消极，但实际上正是壮志难酬的孤愤。“将欲心事付瑶筝。知音少，弦断有谁听？”这里用俞伯牙与钟子期的典故，表达词人处境孤危，缺少知音，深感寂寞的心情。

作者简介

岳飞：（1103—1141），字鹏举，相州汤阴（今属河南）人，南宋抗金名将。绍兴十一年（1141 年），秦桧以“莫须有”的罪名将岳飞治罪，在临安大理寺狱中被狱卒拉胁（猛击胸胁）而死，也有人说是赐毒酒而死，时年 39 岁。

故事

张俊本是抗金大将，却投靠一心主和的宰相秦桧。起初，秦桧一伙恨岳飞碍手碍脚，但还没有下杀手，而把矛头对准了另一员抗金大将韩世忠。他们认为韩世忠武勇彪悍，敢做敢说，不大听招呼，肯定是“和议”的最大障碍。他们先削去了韩世忠的兵权，再由张俊出面拉拢岳飞，提议平分韩世忠的军队。岳飞当然不干这种缺德事，张俊碰了一鼻子灰。秦、张一伙没有就此罢休，马上再出毒招。秦桧秘密逮捕了韩世忠的部下统领胡访，逼他诬告韩世忠谋反。当时，如果岳飞袖手旁观，“风波亭”悲剧的主角则是韩世忠了。但是忠怀激烈的岳飞哪能不管，他得知了这一消息，立即派人驰马告诉韩世忠。韩世忠连忙去见皇帝，澄清了事实，避免了杀身之祸。秦、张一伙由此深恨岳飞，他们放开韩世忠，转而陷害岳飞。最后秦桧等人以“莫须有”的罪名，在风波亭杀害岳飞。岳王墓前现在还跪着秦侩、张俊等人的塑像。

满江红

◆岳　飞

怒发冲冠，凭阑处、潇潇雨歇。抬望眼、仰天长啸，壮怀激烈。三十功名尘与土，八千里路云和月。莫等闲、白了少年头，空悲切。　　靖康耻，犹未雪；臣子恨，何时灭。驾长车，踏破贺兰山缺。壮志饥餐胡虏肉，笑谈渴饮匈奴血。待从头收拾旧山河。朝天阙。

赏析

这是一首气壮山河、传诵千古的名篇。表现了词人大无畏的英雄气概，洋溢着爱国主义激情。上片通过凭栏眺望，抒发为国杀敌立功的豪情，下片表达雪耻复分，重整乾坤的壮志。此词开头凌云壮志，气盖山河，写来气势磅礴；过片前后，一片壮怀，喷薄倾吐；最后满腔忠愤，丹心碧血，倾出肺腑。通篇可谓雄壮之笔，字字掷地有声！

故事

绍兴十年（1140 年）五月，金国撕毁绍兴和议，分兵四道来攻取中原。由于没有防备，宋军节节败退，城池相继失陷。随后宋朝反击，很快，在东、西两线均取得对金大胜，失地相继收回。岳飞挥兵从长江中游挺进，锐不可当，这年七月，他亲率一支轻骑驻守河南郾城，向敌阵突击，大破金军“铁浮图”和“拐子马”。在取得郾城大捷后，岳飞乘胜向朱仙镇进军。岳飞这次北伐中原，一口气收复了颍昌、蔡州、陈州、郑州、郾城、朱仙镇、消灭了金军有生力量，金军全军军心动摇。南宋抗金斗争有了根本的转机，再向前跨出一步，沦陷10多年的中原，就可望收复了。岳飞兴奋地对大将们说：“直抵黄龙府，与诸君痛饮尔!”就在抗金战争取得辉煌胜利的时刻，一心求和南宋朝廷连下十二道金牌，急召岳飞回朝。在要么班师、要么丧师的不利形势下，岳飞痛感坐失了收复失地、洗雪靖康之耻的良机，在百感交集中，他写下了这首气壮山河的《满江红》词。

菩萨蛮令

金陵怀古

◆ 康与之

龙蟠虎踞金陵郡，古来六代豪华盛。缥凤不来游，台空江自流。　　下临全楚地，包举中原势。可惜草连天，晴郊狐兔眠。

赏析

此词的特点是，上下八句，两两相形，共分为四个层次，呈现为大起大落的抑扬顿挫，这种章法与词人怀古伤今时起伏的心潮吻合无间。上片思接千载，写历史长河中的金陵。金陵群山屏障，大江横陈，是东南形胜之地，自三国吴孙权建都于此，历东晋、宋、齐、梁、陈，六朝为帝王之宅，豪华竞逐，盛极一时。下片视通万里，置金陵于有利战略地位。可是，以高宗为首的南宋统治集团只知向金人屈膝求和，他们龟缩在浙东一隅，不去利用金陵的战略位置。

作者简介

康与之：字伯可，号顺庵，洛阳人，居滑州（今河南滑县）。建炎初，高宗驻扬州，与之上《中兴十策》，名震一时。秦桧当国，附桧求进，为桧门下十客之一，监尚书六部门，专应制为歌词。其词多应制之作，不免歪曲现实，粉饰太平。但音律严整，讲求措词。

故事

建炎三年，江南的野草刚刚萌绿，高宗避难来到镇江。神魂未定的高宗一到镇江，就听到金军要渡江南下。高宗召从臣问计，王渊以杭州有重江之险，主张逃往杭州。高宗畏敌如虎，此话正中下怀。张邵主张进都金陵，因为那里物资丰厚，可以图谋日后恢复河山。此时的高宗正一心与金人议和不以收复北方失地为大业，执意去了杭州。绍兴六年，张浚上奏高宗，金陵才是中兴的根本，建议高宗还是定都金陵才对。这一回因形势好转，高宗同意了，并于次年迁移到金陵。然而绍兴八年，高宗再次迁回杭州，同年，宋金签订了“绍兴和议”，自此南宋定都临安。康与之针对当时南宋朝廷奉行逃跑和妥协政策而发的扼腕之叹，做了此词，名曰“怀古”，实为伤今。

鹧鸪天

◆陆　游

懒向青门学种瓜，只将渔钓送年华。双双新燕飞春岸，片片轻鸥落晚沙。　歌缥缈，舻呕哑，酒如清露鲊如花。逢人问道归何处，笑指船儿此是家。

赏析

词的上片表示不愿靠近都城学汉初的邵平那样在长安青门外种瓜，只愿回家过清闲的渔钓生活。但隐身渔钓，并非作者的生活理想，这样做只是作者在无可奈何之下的一种自我排遣而已。下片从湖边写到在湖中泛舟的情况，表面上是“笑”得那样自然，那样自豪；实际上是“笑”得多么悲伤。

作者简介

陆游：(1125—1210)，字务观，号放翁，越州山阴（今浙江绍兴）人。12 岁即能诗文，一生作品丰富，有《剑南诗稿》、《渭南文集》等数十个文集存世，存诗 9300 多首，是我国现有存诗最多的诗人。陆游具有多方面文学才能，尤以诗的成就为最。自言“六十年间万首诗”，今尚存九千三百余首。其中许多诗篇抒写了抗金杀敌的豪情和对敌人、卖国贼的仇恨，风格雄奇奔放，沉郁悲壮，洋溢着强烈的爱国主义激情，在思想上、艺术上取得了卓越成就，在生前即有“小李白”之称，不仅成为南宋一代诗坛领袖，而且在中国文学史上享有崇高地位，是我国伟大的爱国诗人。词作量不如诗篇巨大，但和诗同样贯穿了气吞残虏的爱国主义精神。陆游的著作有《放翁词》一卷，《渭南词》二卷。《南唐书》、《老学庵笔记》等，存词130余首。

故事

宋孝宗隆兴元年，张浚以枢密使都督江淮东西路军马，主持抗金军事，陆游表示庆贺。次年，陆游任镇江通判，张浚以右丞相、江淮东西路宣抚使，仍都督江淮军马，视师驻节，颇受知遇；张浚旋卒，年底宋金和议告成。公元1165年（乾道元年）夏，陆游调任隆兴（治所在今江西省南昌市）通判；二年春，以“交结台谏，鼓唱是非，力说张浚用兵”的罪名，被免职归家。这首词就是这一年归家不久后写下的。

钗头凤

◆陆　游

红酥手，黄藤酒，满城春色宫墙柳。东风恶，欢情薄。一怀愁绪，几年离索，错，错，错。　春如旧，人空瘦，泪痕红浥鲛绡透。桃花落，闲池阁，山盟虽在，锦书难托，莫，莫，莫。

赏析

这首词始终围绕着沈园这一特定的空间来安排自己的笔墨，上片由追昔到抚今，而以“东风恶”转捩；过片回到现实，以“春如旧”与上片“满城春色”句相呼应，以“桃花落，闲池阁”与上片“东风恶”句相照应，把同一空间不同时间的情事和场景历历如绘地叠映出来。全词多用对比的手法，如上片，越是把往昔夫妻共同生活时的美好情景写得逼切如现，就越使得他们被迫离异后的凄楚心境深切可感，也就越显出“东风”的无情和可憎，从而形成感情的强烈对比。

故事

这首词写的是陆游的爱情悲剧。唐琬是陆游舅舅唐宏的女儿，貌美且有才情，与陆游青梅竹马，两小无猜。后终于成了陆游的妻。婚后两人伉俪相得，谈诗论词，簪花绣蝶。温柔贤淑的琬儿让陆游觉得他们就像是古典书卷里的才子佳人，举案齐眉，酬唱相惜。但美好的事情总是易逝，唐琬婚后一直都没有孩子，这使得陆游的母亲不能忍受。她对唐琬说："你们两人每天这样缠绵不休，会荒废游儿的学业，将来考不上功名。"于是生硬地把他们两人分开，陆游不忍，但又不敢顶撞母亲。只好暗中把唐琬置于别馆，偷偷地与她相会。不幸的是陆游的母亲很快知道了这件秘密，于是逼陆游娶妻王氏。唐琬后来也嫁给同城的另一个读书人赵士诚。这首词是他们别后10年相见的情景。一次春游，陆游在沈园碰见赵士诚和唐琬，唐琬吩咐丈夫派人送酒肴给陆游。陆游饮着黄酒，牵动了往日的情思，不禁是感慨万分，便挥毫写下此词《钗头凤》。唐琬读到此词，心中哀婉，也和词《钗头凤》一首："世情薄，人情恶，雨送黄昏花易落。晓风干，泪痕残。欲笺心事，独语斜阑。难，难，难。人成各，今非昨，病魂常似秋千索。角声寒，夜阑珊。怕人寻问，咽泪装欢。瞒，瞒，瞒。"不久，唐氏竟因愁怨而死。又过了40年，陆游70多岁了，仍怀念唐氏，重游沈园。

秋波媚

七月十六日晚登高兴亭望长安南山

◆陆　游

秋到边城角声哀，烽火照高台。悲歌击筑，凭高酹酒，此兴悠哉！　　多情谁似南山月，特地暮云开。灞桥烟柳，曲江池馆，应待人来。

赏析

这首词以形象的笔墨和饱满的感情，描绘出上至“明月”、“暮云”，下至“烟柳”、“池馆”都在期待宋军收复失地、胜利归来的情景。上片从角声烽火写起，高歌击筑，凭高洒酒，引起收复关中成功在望的无限高兴，从而让读者体会到上面所写的角声之哀歌声之悲，不是什么忧郁哀愁的低调，而是慷慨悲壮的旋律。下片词人把无情的自然物色的南山之月，赋予人的感情，并加倍地写成为谁也不及它的多情。多情就在于它和词人热爱祖国河山之情一脉相通，它为了让作者清楚地看到长安南山的面目，把层层云幕都推开了。整首词具有明显的浪漫主义情调，词中大胆的想象、拟人化的手法增添了这首词的韵味。

故事

孝宗乾道八年（1172 年），陆游 48 岁。这年春天，他接受四川宣抚使王炎邀请，来到南郑，担任四川宣抚使公署干办公事兼检法官，参加了 9 个月的从军生活。南郑是当时抗金的前线，王炎是抗金的重要人物，主宾意气十分相投。高兴亭，在南郑内城的西北，正对南山。长安当时在金占领区内，南山即秦岭，横亘在陕西省南部，长安城南的南山是它的主峰。陆游在凭高远望长安诸山的时候，收复关中的热情更加奔腾激荡，不可遏止。词人作有不少表现这样主题的诗，但多属于离开南郑以后的追忆之作。而这首《秋波媚》词，却是在南郑即目抒感的一篇，情调特别昂扬。

卜算子

咏 梅

◆陆 游

驿外断桥边，寂寞开无主。已是黄昏独自愁，更著风和雨。　　无意苦争春，一任群芳妒。零落成泥碾作尘，只有香如故。

赏析

这首词以梅喻人，上片写梅花的处境和遭遇：寂寞无主，还要加上风雨催逼！下片写梅花的气节操守：无意争春，即便是零落成泥，依然保持那一份清香！通篇让人从梅花的命运与品格中不仅可看到词人仕途坎坷的身影，而且读出词人像梅花般冰清玉洁的精神世界。

故事

毛主席非常喜欢诗词，读到陆游这首《咏梅》词更是爱不释手，他也喜欢雪，然而在杭州，雪景并不常见。巧的是，毛主席1953年底第一次到杭州时，这里竟飘下了一场几十年不遇的大雪。1961 年 11 月，主席第二次来到杭州，虽然已是冬天，但并未下雪。不知为什么，这次主席又想起了雪，也想起了雪中的梅花。被古代诗人反复吟咏过的梅花，或孤独清高，怀才不遇；或孤芳自赏，顾影自怜。然而，主席竟反用其意，对陆游的《咏梅》词也和词一首，用的也是《卜算子》词令："风雨送春归，飞雪迎春到，已是悬崖百丈冰，犹有花枝俏。俏也不争春，只把春来报；待到山花烂漫时，她在丛中笑。"主席如此地刻画梅花的形象，是有深刻的政治寓意的。当时正值我国遭受三年自然灾害，原苏联领导人有挑起中苏论战，对中国施加政治上的、经济上的、军事上的压力，内忧外困，共和国受到了严峻的考验。"已是悬崖百丈冰"正是当时政治环境的象征。作为中国共产党的领袖毛泽东，写这首词本是托梅寄志，表明中国共产党人的决心，在险恶的环境下决不屈服，勇敢地迎接挑战，直到取得最后胜利。同时也表现了共产党人斗争在前，享受在后的崇高美德和奉献精神。

汉宫春

初自南郑来成都作

◆陆 游

羽箭雕弓，忆呼鹰古垒，截虎平川。吹笳暮归野帐，雪压青毡。淋漓醉墨，看龙蛇飞落蛮笺。人误许、诗情将略，一时才气超然。 何事又作南来，看重阳药市，元夕灯山？花时万人乐处，敧帽垂鞭。闻歌感旧，尚时时流涕尊前。君记取、封侯事在，功名不信由天。

赏析

这首词的艺术特色，总体上用对比的手法，以南郑的过去对比成都的现在，以才气超然对比流涕尊前，表面是现在为主过去是宾，精神上却是过去是主现在是宾。在渲染气氛，运用语言方面，上片选择最惊人的场面，出之以淋漓沉雄的大笔，表明词人对在南郑时期的一段从军生活非常珍惜和回味。下片跟上片形成鲜明的对照，选择成都地方典型的事物，出之以婉约的格调，最后又一笔振起，因此发出了内心的呼喊，以激昂的格调、振奋的言辞，从而使全词的思想感情走向最高潮，深深地感染了读者。词笔刚柔相济，结构波澜起伏，格调高下抑扬，从而使通篇迸发出爱国主义精神的火花，并给读者以美的享受。

故事

这首词于孝宗乾道九年（1173 年）春在成都所作，陆游时年 49 岁。乾道八年冬，四川宣抚使王炎从南郑被召回临安，陆游被改命为成都府路安抚司参议官，从南郑行抵成都，已经是年底。题目说是初来，词中写到元夕观灯、花时游乐等等，应该已是乾道九年春。词中又说到看重阳药市，那是预先设想的话，因为从乾道九年秋直到年底，陆游代理知嘉州，不在成都。陆游活动在南郑前线时，对抗金的前途怀着胜利的希望。被调到后方后，挈云心事，不得舒展，极为若闷，而要收复河山的信念，仍然是坚定不移。“君记取，封侯事在，功名不信由天”，词人在大量诗篇里反复强调的人定胜天思想，在这里再一次得到了体现。他心中犹存着重上抗金前线，在战场上建功立业的强烈愿望，他心中的爱国之志涌现在了读者面前。这里表明了词人的意志，并没有因为环境的变化而消沉，而是更坚定了。此后在他不少诗篇和词作里，往往激发着慷慨昂扬的声音。这首《汉宫春》就是最具代表作的一首。